U0114259

国家执业医师资格考试
实践技能考试辅导——
口腔分册(2010 版)

总主编　石　平

主　编　毛　钊　牛光良

副主编　宋　华　施建辉

编　委　(以姓氏笔画为序)

毛　钊　石　平　朱世杰　祁建胜

李　萍　宋　华　汪　倩　沈中华

张亚卫　张秀英　陈亚萍　陈利华

茅　磊　周　岩　郑　楠　赵洪宁

段立晖　施建辉　宣　蓉　黄伟谦

曹　磊　辜国珍　戴洪山

人民軍醫出版社

PEOPLE'S MILITARY MEDICAL PRESS

北　京

图书在版编目(CIP)数据

国家执业医师资格考试实践技能考试辅导:2010 版．口腔分册/毛　钊,牛光良主编．
—北京:人民军医出版社,2010.1
　　ISBN 978-7-5091-3324-8

　　Ⅰ.①国…　Ⅱ.①毛…②牛…　Ⅲ.①医师-资格考核-自学参考资料②口腔科学-医师-资
格考核-自学参考资料　Ⅳ.①R192.3

中国版本图书馆 CIP 数据核字(2009)第 229050 号

策划编辑:马　莉　　文字编辑:韩　志　　责任审读:黄栩兵
出 版 人:齐学进
出版发行:人民军医出版社　　　　　　　　经销:新华书店
通信地址:北京市 100036 信箱 188 分箱　　邮编:100036
质量反馈电话:(010)51927290;(010)51927283
邮购电话:(010)51927252
策划编辑电话:(010)51927301
网址:www. pmmp. com. cn

印、装:北京国马印刷厂
开本:787mm×1092mm　1/16
印张:8.25　字数:198 千字
版、印次:2010 年 1 月第 1 版第 1 次印刷
印数:0001~3500
定价(含光盘):38.00 元

内 容 提 要

编者以最新修订的《国家口腔执业医师（执业助理医师）资格实践技能考试大纲》为编写依据,重点介绍了考试大纲、实践技能考试项目及复习指导并按照口腔医师三个考站内容的要求,重点突出复习指导,点明考试要点,紧密结合实践技能,选编了大量的病例模拟题及参考答案,供医师实践练习。同时,为了满足医师考试需要,还配有 VCD 多媒体光盘,介绍了无菌操作及口腔检查、口腔基本技术及基本急救技术。本书适合口腔医师执业应试复习参考。

再版前言

《中华人民共和国执业医师法》(以下简称《医师法》)于 1999 年 5 月 1 日实施。该法规定了国家实行医师资格考试制度。根据《医师法》及卫生部《医师资格考试暂行办法》有关规定：医师资格考试包括医学综合笔试和实践技能考试两部分。实践技能考试是评价申请医师、助理医师资格者，是否具备执业所必备的基本技能，是医师资格考试不可缺少的重要部分，亦是严格医师队伍的一种准入制度。为使广大考生正确应对实践技能考试，使执业医师实践技能达到标准化、规范化，我们根据卫生部医师资格考试委员会最新各类别《医师资格实践技能考试大纲》，组织编写了《医师资格实践技能考试辅导》丛书，分为临床、口腔、公共卫生、中医、中西医结合分册，分别适用于申请临床类、口腔类、公共卫生类、中医及中西医结合类执业医师、执业助理医师资格实践技能考试的考生复习应试，亦适用于各大医院低年资医师培训、晋级考核等。每册内容均包括各类执业医师、执业助理医师资格实践技能考试大纲，考试说明和考试项目复习指导三大部分。该丛书于 2003 年初版，并在第一版的基础上，收集近几年考试反馈的信息对丛书进行了两次修订，受到广大考生的欢迎，为各类别应考医师复习指导发挥了重要作用。中医分册及中西医结合分册依据 2006 年新大纲进行了修订。2008 年，卫生部医师资格考试委员会正式颁布了由国家医学考试中心修改和补充的 2009 版临床、口腔、公卫《医师资格考试大纲》，为帮助不同专业考生正确把握新大纲考核要求，2010 版临床、口腔、公卫分册，在原版的基础上，根据新大纲重新做了修订，即为《实践技能考试辅导》第 3 版。临床分册增加了"历年考试考官提问"总结。临床分册、口腔分册、中医及中西医结合分册分别增加了操作技能电脑(CD-ROM)和 VCD 光盘演示。本书的编写，参考引用了部分普通高等教育"十五"及"十一五"国家级规划教材、中国人民解放军总后勤部卫生部最新版《医疗护理技术操作常规》及近年来出版的有关书目，谨此一并表示衷心和真诚的谢意。鉴于参加编写的人员较多，编写风格、简繁不尽一致，加之时间仓促，水平有限，不足之处恳望各位同仁及师生提出修改意见，以便再版时更趋完善。

南京军区总医院　石　平

2009 年 11 月

目 录

第一篇
口腔执业医师、执业助理医师资格实践技能考试大纲

一、口腔执业医师资格实践技能考试大纲

单　元	细　目	要　点
一、病史采集与病例分析	（一）病史采集（现病史和有关病史）	根据下列提供的主诉进行病史采集，并提出可能的诊断和鉴别诊断
		1.牙痛
		2.牙松动
		3.牙龈出血
		4.牙龈肥大
		5.口腔黏膜溃疡
		6.口腔黏膜白色斑纹
		7.口腔黏膜及皮肤窦道和瘘管
		8.口腔异味
		9.口干
		10.颌面部肿痛
		11.张口受限
		12.修复后疼痛
	（二）病例分析	模拟口腔疾病的标准化病例，每个病例至少包括2～3种疾病。病例分析包括诊断、鉴别诊断和治疗设计
		1.龋病
		2.牙髓炎
		3.牙髓坏死
		4.根尖周炎
		5.牙本质过敏

单　元	细　目	要　点
		6. 慢性龈炎
		7. 药物性牙龈增生
		8. 慢性牙周炎
		9. 牙周脓肿
		10. 复发性口腔溃疡
		11. 口腔念珠菌病
		12. 口腔白斑病
		13. 口腔扁平苔藓
		14. 牙外伤
		15. 干槽症
		16. 智齿冠周炎
		17. 颌面部间隙感染
		18. 口腔颌面部创伤
		19. 颌面部囊性病变
		20. 口腔癌
		21. 三叉神经痛
		22. 牙体缺损
		23. 牙列缺损
		24. 牙列缺失
二、口腔检查基本技能	全程考查无菌观念、爱伤意识、器械的正确使用和医患体位	1. 无菌操作。测试项目 2 项
		(1)洗手、戴手套
		(2)口腔黏膜消毒
		2. 口腔检查。测试项目 2 项
		(1)一般检查：全面检查，社区牙周指数（CPI）检查填写口腔检查表
		(2)特殊检查：牙髓温度测验、牙周探诊检查、咬合关系检查、颞下颌关节检查、下颌下腺检查
三、基本操作技能		测试项目 12 项
		1. 离体磨牙复面洞制备术
		2. 开髓术

单　元	细　目	要　点
		3.龈上洁治术
		4.口内缝合术
		5.牙拔除术（含麻醉）
		6.颌面部绷带包扎技术（十字法、单眼法）
		7.牙槽脓肿切开引流术
		8.牙列印模制取
		9.后牙邻𬌗面嵌体的牙体预备
		10.后牙铸造全冠的牙体预备
		11.BASS刷牙法
		12.窝沟封闭术
四、基本急救技术		测试项目4项
		1.测量血压
		2.吸氧术
		3.人工呼吸
		4.胸外心脏按压
五、基本诊断技术和辅助检查结果判读	（一）牙髓测验	测试项目2项
		1.温度测验
		2.电活力测验
	（二）X线检查	测试项目3项
		1.正常影像 (1)口内片 (2)全口曲面体层片
		2.口腔疾病的X线诊断 (1)牙体硬组织疾病 (2)根尖周炎 (3)牙周炎 (4)阻生智齿
		3.根管充填后牙片
	（三）实验室检验	测试项目3项
		1.血、尿、粪常规
		2.基本生化检验
		(1)血清电解质检查（K^+、Na^+、Cl^-）

单　元	细　目	要　点
		(2)血糖
		(3)血沉
		(4)肝功能
		(5)肾功能
		3.乙型肝炎病毒免疫标志物
六、医德医风实例考核		

二、口腔执业助理医师资格实践技能考试大纲

单　元	细　目	要　点
一、病史采集与病例分析	(一)病史采集(现病史和有关病史)	根据下列提供的主诉进行病史采集,并提出可能的诊断和鉴别诊断
		1.牙痛
		2.牙松动
		3.牙龈出血
		4.牙龈肥大
		5.口腔黏膜溃疡
		6.口腔黏膜及皮肤窦道和瘘管
		7.修复后疼痛
	(二)病例分析	模拟口腔疾病的标准化病例,每个病例至少包括2种疾病。病例分析包括诊断、鉴别诊断和治疗设计
		1.龋病
		2.牙髓炎
		3.根尖周炎
		4.慢性龈炎
		5.慢性牙周炎
		6.复发性口腔溃疡
		7.口腔念珠菌病
		8.牙外伤
		9.智齿冠周炎
		10.颌面部间隙感染

单　元	细　目	要　点
		11.口腔颌面部软组织创伤
		12.牙体缺损
		13.牙列缺损
		14.牙列缺失
二、口腔检查基本技能	全程考查无菌观念、爱伤意识、器械的正确使用和医患体位	1.无菌操作。测试项目2项
		(1)洗手、戴手套
		(2)口腔黏膜消毒
		2.口腔检查。测试项目2项
		(1)一般检查:全面检查,社区牙周指数(CPI)检查填写口腔检查表
		(2)特殊检查:牙髓温度测验、牙周探诊检查、咬合关系检查、颞下颌关节检查、下颌下腺检查
三、基本操作技能		测试项目8项
		1.离体磨牙复面洞制备术
		2.开髓术
		3.龈上洁治术
		4.牙拔除术(含麻醉)
		5.牙列印模制取
		6.后牙铸造全冠的牙体预备
		7.BASS刷牙法
		8.窝沟封闭术
四、基本急救技术		测试项目4项
		1.测量血压
		2.吸氧术
		3.人工呼吸
		4.胸外心脏按压
五、基本诊断技术和辅助检查结果判读	(一)牙髓温度测验	
	(二)X线检查	测试项目3项

（续　表）

单　元	细　目	要　点
		1.正常影像 (1)口内片 (2)全口曲面体层片
		2.口腔疾病的X线诊断 (1)牙体硬组织疾病 (2)根尖周炎 (3)牙周炎 (4)阻生智齿
		3.根管充填后牙片
	(三)实验室检验	测试项目3项
		1.血、尿、粪常规
		2.基本生化检验
		(1)血清电解质检查(K^+、Na^+、Cl^-)
		(2)血糖
		(3)血沉
		(4)肝功能
		(5)肾功能
		3.乙型肝炎病毒免疫标志物
六、医德医风实例考核		

第二篇
口腔执业医师、执业助理医师
资格实践技能考试项目复习指导

第1章　病史采集与病例分析

　　要做到病例分析诊断正确,治疗有效,就必须详细了解病史,进行仔细的临床检查和必要的实验室检查。然后对所获得的所有资料进行综合分析,抓住疾病的主要问题,作出正确的诊断,有的放矢地制定治疗计划,这便是现代治疗学的基础。因此,掌握好病史采集和口腔临床检查的方法,学会病例分析的思路,写出完整准确的病历对口腔疾病的治疗非常重要。口腔临床检查前应准备好口腔临床检查的基本器械——口镜、探针、镊子。初接触患者时,应做大体视诊,包括意识、表情、皮肤色泽、体格发育、营养状况是否正常等。然后进行口腔科专科检查,即问诊、视诊、探诊、叩诊、触(扪)诊、嗅诊、咬诊、牙齿松动度检查等。

第一节　病史采集

一、一般概念

　　病史采集主要是通过问诊。通过问诊可以全面了解疾病的发生、发展、病因、诊治经过和过去健康情况,根据患者的具体情况,既要全面又要重点突出、深入细致地询问。问诊主要针对患者的主诉、现病史、既往史和家族史展开。

　　1. 主诉　往往是患者最痛苦也是最迫切需要解决的问题,是疾病所表现的最主要症状。正确的主诉记录应包括最主要的症状、部位和患病的时间。举例:"右上后牙反复肿痛,牙龈起脓包3个月";"1周来左上后牙遇冷热疼痛"。

　　2. 现病史　先根据患者的主诉内容判断可能引起主诉的疾病,然后围绕主诉内容进行询问并记录。包括发病时间、诱因、原因、症状、疾病发展的形式(如初发还是再发,逐渐加重还是逐渐减轻)、已做过的检查和治疗,其结果和效果如何等。举例:主诉"刷牙时牙龈出血1～2年",现病史应记为"1～2年来刷牙时牙龈常有出血,咬硬物时出血,月经来潮时出血更明显。

近半年来清晨起床时牙龈自发性出血,牙龈有肿胀感,咬硬物无力。"

3. **既往史** 对与口腔疾病密切相关的既往健康状况和生活习惯要询问和记录。包括家庭生活、饮食、营养、睡眠、职业和劳动条件、嗜好、习惯等。对女性患者应了解月经及妊娠史。

4. **家族史** 患者家庭成员的身体健康及口腔健康状况,对于一些有遗传倾向的口腔疾病如遗传性乳光牙本质等要特别询问家庭其他成员的发病情况。

二、病史采集方法

根据下列提供的主诉进行病史采集,并提出可能的诊断和鉴别诊断。

(一)牙痛

牙痛是许多口腔科疾病最常见的主诉症状之一,可以分为自发痛、激发痛、咬合痛、嵌塞痛等。疼痛的部位、引发和加重疼痛的原因、疼痛发作的方式、疼痛的程度、疼痛的性质及疼痛持续的时间等均是病史采集的重要内容。

1. **龋病** 最常见的主诉是"进食时因食物碎屑落入洞内引起明显的疼痛,但无自发痛"。患者在描述病史时多有明显的激发痛症状,即一过性的冷热酸甜刺激痛表现,龋洞越深症状越明显。检查可见龋洞,邻面龋有时需摄根尖片方可确诊。根据主诉、病史、检查可确诊并作出鉴别诊断。

2. **牙隐裂** 最常见的主诉是"咬合到某一位点时出现撕裂样疼痛"。患者在描述病史时多有冷热敏感症状,如隐裂裂纹深达髓腔时可出现牙髓炎的疼痛症状。根据病史中疼痛特点,温度实验敏感,隐裂部位叩诊疼痛,涂碘酊显示隐裂裂纹等检查可进行诊断和鉴别诊断。

3. **牙本质过敏症** 最常见的主诉是"刷牙及进食硬物时酸痛明显"。患者在描述病史时多有刷牙和进食冷热酸甜食物时酸痛,并迅速消失。根据口腔检查有引起牙本质暴露的牙体缺损疾病,探诊和冷刺激均出现明显酸痛,刺激去除后症状即可消失等作出诊断和鉴别诊断。

4. **急性牙髓炎** 最常见的主诉是"牙齿剧烈自发性疼痛、放射痛数天"。患者在描述病史时多有牙出现自发性、阵发性剧烈疼痛,并放射到其他部位,无法定位,遇冷热刺激疼痛加剧,夜间尤甚。有时出现跳痛,不能睡眠。疼痛可在无任何诱因时突然发生。根据患牙典型的疼痛症状,有引起牙髓炎的疾病存在,牙髓活力检测异常等作出诊断和鉴别诊断,主要鉴别诊断疾病包括深龋、急性上颌窦炎、三叉神经痛、牙间乳头炎、干槽症等。

5. **慢性牙髓炎** 最常见的主诉是"不明显的阵发性隐痛、钝痛数月"。患者在描述病史时多有长期遇温度变化产生疼痛,刺激去除后疼痛可持续较长时间症状,口腔检查有深龋洞、牙体缺损或深牙周袋。根据患牙有长期冷、热刺激痛史和自发痛史;有引起牙髓病的牙体损害或其他病变;对温度刺激有异常表现;叩诊表现是重要指标,以此作出诊断和鉴别诊断。主要鉴别诊断疾病包括深龋、干槽症等。

6. **急性根尖周炎** 最常见的主诉是"患牙自发性、持续性跳痛,咬合痛数天"。患者在描述病史时多有自发性、持续性跳痛,疼痛范围局限,不放散到邻牙或对颌牙,患者能明确指出患牙,牙齿松动及浮起感明显等症状。口腔检查有龋洞、深牙周袋或隐裂等,咬合及叩诊时引起剧痛,颊侧根尖区黏膜潮红、肿胀,颌下区淋巴结肿大,X线片示根尖区有边界不清的透射影像。根据患牙所表现出来的典型的临床症状及体征,由疼痛及红肿的程度来分辨患牙所处的炎症阶段并作出诊断和鉴别诊断。主要鉴别诊断疾病包括急性牙髓炎、牙周脓肿等。

7. 慢性根尖周炎　最常见的主诉是"患牙长期有咀嚼不适感或患牙牙龈经常起脓包数月或数年"。患者在描述病史时多有患牙长期的咀嚼不适，有牙髓病史、反复肿痛史或牙髓治疗史。口腔检查有牙冠变为暗灰色，叩诊时可有不适感觉；有龋洞或其他牙体硬组织疾患，且牙髓已坏死；温度刺激或电活力测定无反应。根尖周肉芽肿：X 线片示根尖区有圆形或椭圆形边界清晰的透射影像，周围骨质正常或稍致密，一般直径在 1mm 以内；慢性根尖周脓肿：X 线片示根尖区有形状不规则、边界不清的透射影像，透射区周边骨质疏松呈云雾状；慢性根尖囊肿：大的囊肿在根尖区可见圆形或椭圆形边界清晰的透射影像，周围骨质致密呈清楚的阻射线。诊断和鉴别诊断的关键是根据 X 线片上根尖区骨质破坏的影像，而牙髓活力测试结果应作为重要参考；病史和牙冠情况为辅助诊断指标。主要鉴别诊断疾病包括成釉细胞瘤、颌骨囊肿、颌骨正常骨孔。

8. 急性龈乳头炎　最常见的主诉是"患牙自发性的持续剧烈疼痛 1～2 天"。患者在描述病史时多有患牙明显的自发性疼痛，有时可出现与牙髓炎相似的冷热刺激痛。口腔检查有探诊疼痛明显，牙龈乳头红肿，探触和吮吸时出血；温度实验牙敏感但不疼痛，可有叩痛；可查到局部刺激物如食物嵌塞等。诊断和鉴别诊断的关键根据病史和临床表现，出现冷热刺激痛时应与急性牙髓炎相鉴别。

9. 急性坏死性溃疡性龈炎　最常见的主诉是"患牙牙龈剧烈疼痛伴有自发性出血数天"。患者在描述病史时多有起病急，病程短，牙龈疼痛明显，极易出血并以自发性出血为主，口腔内有特殊腐败臭味。口腔检查以龈乳头和边缘龈坏死为其特征性损害，牙龈乳头顶端溃疡中央凹陷成火山口状，溃疡表面被覆灰黄色"假膜"，易被擦去，擦去后可见流血的创面；牙龈缘如虫蚀状。破坏后的乳头和龈缘成刀削状的一条直线。颌下区淋巴结肿大，疼痛明显。重症患者伴有全身症状包括头痛、发热、寒战等，白细胞计数增加。坏死区细菌涂片可见大量螺旋体和梭形杆菌。根据病史和临床表现作出诊断及鉴别诊断不困难。主要鉴别诊断疾病包括疱疹性龈口炎、慢性龈缘炎、急性白血病、艾滋病。

10. 急性多发性龈脓肿　最常见的主诉是"牙龈有剧烈的疼痛和多部位肿胀数天"。患者在描述病史时常有口干、疲乏、发热等前驱症状，起病急，病程短，牙龈肿胀疼痛明显。口腔检查可见多个发红的牙龈乳头同时出现仅限于牙龈内的小脓肿，脓肿可自行破溃，无破溃的口腔黏膜可发红、肿胀。但不影响牙周支持组织，无牙周袋形成和牙槽骨吸收。口腔异味明显，局部淋巴结肿大，触痛明显。患者出现发热、白细胞数增加、大便秘结。根据病史和临床表现可以明确诊断和鉴别诊断。主要鉴别诊断疾病是牙周脓肿。

11. 牙周脓肿　最常见的主诉是"患牙有剧烈的搏动性疼痛，有明显的'浮起感'数天"。患者在描述病史时多有起病急，牙龈出现明显的搏动性疼痛和"浮起感"；当脓肿多发或此起彼伏时，可出现较重的全身不适，十分痛苦。口腔检查急性牙周脓肿可见牙龈局限性肿胀、发红、水肿、表面光亮；出现跳痛或胀痛，跳痛较剧烈，叩诊疼痛明显，牙齿松动度增加；有深牙周袋和 X 线显示牙槽骨吸收。炎症继续发展，脓肿开始局限，表面变软并出现波动感，疼痛明显缓解；脓液可自龈沟内压出或自行从牙龈表面穿破流出。根据病史、临床表现及 X 线表现可作出明确诊断和鉴别诊断。主要鉴别诊断疾病包括牙龈脓肿、牙槽脓肿。

12. 智齿冠周炎　最常见的主诉是"下颌后牙肿胀疼痛，张口受限数天"。患者在描述病史时多有下颌后牙区疼痛明显，出现明显跳痛，反射到耳颞神经分布区，当进食、吞咽、开口等活动时疼痛加剧,张口困难,下颌肿胀,口腔异味,头痛,发热等。口腔检查智齿萌出不全,冠周牙龈明显红肿糜烂,探诊可探及低位阻生智齿。局部盲袋内有脓性分泌物及食物残渣,下颌下淋巴结肿大,触诊疼痛。张口受限,张口度减小,患侧面颊部肿胀。如感染顺磨牙后垫向相邻间隙扩散,可出现间隙感染的症状和体征。重症患者可见舌腭弓及咽侧壁红肿。根据病史、临床症状和检查所见可以作出诊断和鉴别诊断。主要鉴别诊断疾病包括根尖周脓肿、邻牙的牙髓炎、食物嵌塞引起的牙龈炎、磨牙后区的恶性肿瘤、扁桃体周围脓肿引起的疼痛和张口受限。

13. **干槽症** 最常见的主诉是"牙拔除后2~3天出现剧烈疼痛"。患者在描述病史时多有牙拔除后3天左右拔牙区出现持续疼痛,并逐渐加重,向耳颞部放射。口腔检查拔牙处牙槽窝内空虚,有腐败变性血凝块存在,有臭味;探诊牙槽窝可触及骨面并出现锐痛。根据病史、临床症状和检查所见可以作出诊断和鉴别诊断。

14. **三叉神经痛** 最常见的主诉是"三叉神经分布区域内出现阵发性电击样剧烈疼痛,历时数秒至数分钟"。患者在描述病史时多有三叉神经分布区域内出现阵发性剧痛,骤发骤停,疼痛间歇期由长变短,疼痛持续时间由短变长。本病多见老年人。临床检查可见在三叉神经某个分支分布区域内骤然出现闪电式的非常剧烈的疼痛,疼痛可由刺激"扳机点"引起,也可自发。发作时患者会作出各种特殊动作,有的可形成痛性抽搐。本病可自动暂时缓解,但很少自愈。疼痛区的皮肤因长期用力揉搓出现粗糙、增厚、色素沉着等。"扳机点"是指三叉神经分支分布区域内某个固定的、局限的小块皮肤或黏膜特别敏感,稍触碰立即引起疼痛发作。诊断性封闭可确定三叉神经痛分支。根据病史、疼痛的部位、性质、发作表现和神经系统无阳性体征可作出原发性三叉神经痛的诊断。主要鉴别诊断疾病包括非典型面痛、鼻旁窦炎、颞下颌关节紊乱病、舌咽神经痛。

(二)牙齿松动

在生理状态下牙齿有0.02mm以下的水平方向松动,超出生理范围的松动属于病理性松动,主要原因包括牙槽骨吸收、殆创伤、牙周膜的急性炎症、牙周翻瓣手术后、女性激素水平变化。牙齿松动度检查目的是了解牙齿松动度的大小,为确定牙病的诊疗方案和预后提供依据。检查时,前牙用镊子夹持切缘,后牙用镊尖置于殆面沟窝内,向颊(唇)舌(腭)方向及近远中方向摇动,判断牙齿的松动情况。

记录方法有两种:①按牙冠松动方向评价动度。Ⅰ度松动——颊(唇)舌(腭)方向松动;Ⅱ度松动——颊(唇)舌(腭)方向和近远中方向松动;Ⅲ度松动——颊(唇)舌(腭)方向、近远中方向和垂直方向松动。②按牙冠松动的幅度评价动度。Ⅰ度松动——松动的幅度在1mm以内;Ⅱ度松动——松动的幅度在1~2mm;Ⅲ度松动——松动的幅度>2mm。

1. **慢性牙周炎** 最常见的主诉是"刷牙时牙龈出血伴有咀嚼无力、口腔异味数年"。患者在描述病史时多有数年来刷牙时牙龈常有出血,咬硬物时出血,月经来潮时出血更明显。近一段时间清晨起床时牙龈自发性出血,牙龈有肿胀感,牙齿有松动感,咬硬物无力。口腔检查可见全口普遍牙龈有炎症,牙龈红肿,触诊易出血。口腔卫生情况差,可见牙石、牙菌斑及软垢沉积。牙周袋形成,附着水平丧失,可伴有溢脓。牙松动、移位、伸长,丧失咀嚼功能。X线片示牙槽骨普遍吸收。伴发症状包括继发性殆创伤、食物嵌塞、根面龋、逆行性牙髓炎、急慢性牙周脓肿。根据病史和详细的临床检查,有牙周袋形成和牙槽骨吸收,且病程较长者即可确定诊断和鉴别诊断。主要鉴别诊断疾病包括慢性龈缘炎、急性牙周膜炎。

2. 侵袭性牙周炎 最常见的主诉是"刷牙时牙龈出血伴咀嚼无力、牙齿松动、牙齿移位数年"。病史特点在于本病好发于 30 岁以下患者,也可见于 30 岁以上患者;常在年轻时患者即可出现咀嚼无力、牙齿松动、牙齿移位。口腔检查可见:①局限型侵袭性牙周炎典型的临床表现为病变局限于第一恒磨牙和上下切牙,且多为左右对称。②广泛型侵袭性牙周炎表现为广泛的邻面附着丧失累及除第一恒磨牙和上下切牙以外至少三颗其他恒牙。病程进展快,早期出现牙齿松动和移位,甚至牙齿缺失,常以阵发性形式出现。在病变发展的活动期,可出现牙龈易出血、溢脓等牙龈炎症的表现。牙菌斑、牙石沉积量较多,但少数患者也可很少。X 线片典型影像:第一恒磨牙的近远中有垂直型骨吸收,又称为"弧形吸收",切牙区为水平型骨吸收。部分患者有中性粒细胞和(或)单核细胞的趋化功能和(或)吞噬功能降低。根据患者年龄较小、好发牙位(第一恒磨牙和上下切牙且多为左右对称)或全口多数牙出现严重的牙周破坏、口腔卫生情况与病变程度不成比例、病变发展快等临床表现和 X 线典型表现可作出侵袭性牙周炎诊断和鉴别诊断。主要鉴别诊断疾病包括慢性牙周炎、伴有全身疾病的牙周炎、偶发性附着丧失。

3. 掌跖角化-牙周破坏综合征 最常见的主诉是"患儿乳牙新萌出即有松动、肿痛"。病史特点:本病属于常染色体隐性遗传性疾病,人群患病率为 1‰~4‰;特点是手掌和脚掌部位皮肤过度角化、皲裂、脱屑,口腔检查乳牙萌出后即可出现深牙周袋,牙槽骨吸收明显,溢脓,进而乳牙脱落,创口愈合;待恒牙萌出后又出现同样过程;智力和身体发育可正常。

4. Down 综合征 属染色体异常引起的先天性疾病,可有家族遗传性;患儿发育迟缓、智力低下;中性粒细胞的趋化功能减低。口腔检查几乎 100% 的患儿有严重的牙周炎,面部扁平,眶距增宽;上颌骨发育不足,错𬌗畸形;几乎所有患儿均出现深牙周袋和明显的牙槽骨吸收,牙齿松动脱落,乳牙和恒牙均可累及,尤以下颌前牙为重;可伴有急性坏死性溃疡性龈炎。有一半患儿患有先天性心脏病。

5. 急性根尖周炎 参见"第 1 章病史采集与病例分析第一节病史采集二、病史采集方法(一)牙痛 6. 急性根尖周炎"。

6. 牙外伤 最常见的主诉是"牙齿受伤数小时或数天"。病史和口腔检查特点:牙震荡伤——常为咬硬物所致。临床有牙伸长不适感,轻微松动和叩痛。牙脱位——患牙发生唇、舌等方向移位;可从牙槽窝内部分脱出,伸长,松动,X 线片示牙周间隙增宽;也可整体脱出牙槽窝或仅有软组织相连;根折——表现为牙齿松动,叩诊疼痛,龈沟出血,应用触诊法可确定根折的部位。X 线片出现根折线则为确诊指标;冠根联合折——根折线可以是垂直的,但多为斜行,牙冠可有移位、松动及咬合痛,X 线片出现根折线可确诊。根据病史、临床表现和 X 线片影像可以明确作出诊断和鉴别诊断。

7. 化脓性中央性颌骨骨髓炎 最常见的主诉是"患牙区持续性剧痛、向周边区放射,牙齿松动"。患者在描述病史时多有急性局限型发病特点,由牙根尖感染而来;病区牙持续剧痛,沿患侧三叉神经分布区放射,松动,口腔黏膜、牙周组织及面颊部肿胀、充血;患者出现畏寒、发热、食欲减退、白细胞计数升高等全身症状;转为慢性期则表现为瘘管形成,并有脓性分泌物渗出,经久不愈合,同时形成死骨,X 线可见大块死骨形成,周围骨质分界清楚或伴有病理性骨折。根据病史、病因、临床表现及 X 线摄片检查可作出诊断和鉴别诊断。主要鉴别诊断疾病包括骨肉瘤继发感染、下颌骨中央性化脓性颌骨骨髓炎应与下颌骨中心型癌相鉴别,上颌骨化脓性颌骨骨髓炎应与上颌窦炎相鉴别。

8. 颌骨囊肿　最常见的主诉是"颌骨区无痛性缓慢肿大数年"。患者在描述病史时多有包块生长缓慢，初期无自觉症状，发展后可出现面部肿胀症状，如骨板完全吸收后可有波动感，有时可形成病理性骨折，压迫邻牙引起牙移位、松动、倾斜。一般为单发。根据病史、临床表现、穿刺检查及 X 线检查可作出初步诊断和鉴别诊断。

(三) 牙龈出血

牙龈出血是临床常见的症状之一，可以在刺激下出血如刷牙出血、进食硬物出血、探诊出血等，也可以是自发性出血；可以表现为单个牙龈出血，也可以是全口牙龈出血。局部因素和全身因素都可引起牙龈出血，引起牙龈出血最常见的局部原因是牙龈炎症，而血管异常、血小板异常、凝血系统异常、抗凝物质异常等全身出血性疾病则是最常见的全身因素。

1. 慢性龈缘炎　最常见的主诉是"刷牙、咬硬物时牙龈出血或晨起时唾液中带血数月或数年"。患者在描述病史时多有长期存在在刷牙、咬硬物时牙龈出血或有时晨起时唾液中带血，伴有痒、胀、口腔异味等症状。口腔检查可见牙龈缘红肿，呈鲜红或暗红色；牙龈表面光亮，组织松软，点彩消失，边缘增厚，龈乳头圆钝；牙龈有时可溢脓或脓肿形成；龈沟探诊出血明显；龈沟深度增加（假性牙周袋），但无附着水平丧失和牙周袋形成，龈沟液量可明显增加，牙齿无松动；可见大量牙石、牙菌斑堆积，有时有不良修复体或牙列不齐存在；X 线片示全口牙槽骨无吸收。根据病史、临床检查和实验室检查，可以作出明确诊断和鉴别诊断。主要鉴别诊断疾病包括早期慢性牙周炎、血液病引起的牙龈出血、坏死性溃疡性龈炎、艾滋病相关性龈炎。

2. 青春期龈炎　青少年患者最常见的主诉是"刷牙、咬硬物时牙龈出血，牙龈肿胀感明显数月"。青春期少年体内性激素水平变化是引起本病的全身因素，患者对病史的描述同慢性龈缘炎。口腔检查可见病变好发于前牙唇侧龈缘和牙间乳头，舌侧少。牙龈肿胀明显，可见球状突起的龈乳头。牙龈呈鲜红或暗红色，表面光亮，质地松软。探诊出血明显，可形成龈袋（假性牙周袋），无牙槽骨吸收。根据病史、年龄及临床检查，可以作出明确诊断和鉴别诊断。

3. 妊娠期龈炎　妊娠期妇女最常见的主诉是"进食、刷牙或吮吸时出现牙龈出血"或因龈瘤被咬破主诉为"突发的牙龈自发出血、疼痛"。患者在描述病史时多有妊娠 2～3 个月时开始出现牙龈出血并逐渐加重现象。有 2%～5% 的患者在妊娠 3 个月可发生妊娠期龈瘤样改变。口腔检查可见龈缘和龈乳头呈鲜红或暗红色，表面光亮，质地松软，以前牙区为重，也可累及全口牙龈。牙龈具有肿胀明显、肥大，探诊极易出血，可形成龈袋（假性牙周袋）等特点。妊娠期龈瘤样改变，呈鲜红或暗红色，表面光亮，质地松软，极易出血。根据患者处在妊娠期、病史和临床表现可以作出诊断和鉴别诊断。妊娠期龈瘤应与牙龈化脓性肉芽肿相鉴别。

4. 急性坏死性溃疡性龈炎　参见"第1章病史采集与病例分析第一节病史采集二、病史采集方法（一）牙痛 9. 急性坏死性溃疡性龈炎"。

5. 白血病的牙龈病损　最常见的主诉是"牙龈肿胀、自发性牙龈出血"。患者在描述病史时多有牙龈肿胀，常出现龈缘渗血且不易止血，有时会出现类似急性坏死性溃疡性龈炎的症状，口臭明显。也可出现口腔黏膜坏死或剧烈的牙痛。口腔检查可见牙龈肿大为全口性，颜色暗红发绀或苍白，有炎症；龈缘处组织坏死、溃疡和假膜形成；有明显的出血倾向；严重者可有剧烈的疼痛。根据病史、临床表现，血常规和血涂片发现白细胞数目及形态异常可作出初步的诊断和鉴别诊断。

6. 血液疾病　主要包括血友病、血小板减少性紫癜、再生障碍性贫血、粒细胞减少症等。

最常见的主诉是"牙龈广泛性自发性出血"。患者在描述病史时多有牙龈大量渗血,不易止住,刷牙、吸吮、拔牙、洁牙等可加重出血。全身皮肤或黏膜出现出血点、瘀斑、血疱、血肿等。怀疑有上述疾病时,可通过血液系统的检查以明确诊断,并及时与内科医生联合治疗。

7. 其他 某些全身疾病如肝硬化、高血压、脾功能亢进、系统性红斑狼疮等可引起牙龈出血。牙龈的血管瘤、早期牙龈癌、牙龈上的网织细胞肉瘤以及身体其他部位恶性肿瘤转移到牙龈上,如绒毛膜上皮癌等早期也可引起牙龈出血,有时牙龈出血是其主诉症状。如临床上发现牙龈上有局限性肿物,引起出血,而又没有明显的局部刺激因素存在时,要特别注意鉴别诊断。

(四)牙龈肥大

1. 增生性龈炎 最常见的主诉是"牙龈出血、肿胀伴口臭数月或数年"。患者在描述病史时多有自觉症状较轻,长期的牙龈出血、口臭、肿胀感等表现;由于牙龈增生肥大,引起大量的牙菌斑和牙石堆积,有时可出现牙龈溢脓。本病好发于青少年。直接病因同慢性龈缘炎,某些其他疾病如鼻部疾病引起的通气不畅、上颌牙前突、上唇过短等引起的口呼吸和部分错𬌗畸形等也容易引发本病。口腔检查可见早期牙龈主要表现炎症性肿胀,特别是上、下颌前牙唇侧牙龈色深红或暗红,龈缘肥厚,龈乳头球状增生,龈沟深度增加,形成龈袋(假性牙周袋),随时间的推移,牙龈炎症减轻,颜色可恢复正常,探诊出血改善,但龈缘和龈乳头出现实质性肥大,质地较硬,有弹性。X线片示全口牙槽骨无吸收。根据病史和临床表现可以作出准确的诊断和鉴别诊断。主要鉴别诊断疾病包括药物性牙龈增生、浆细胞性龈炎、牙龈纤维瘤病、白血病引起的牙龈肥大。

2. 药物性牙龈增生 最常见的主诉是"牙龈缓慢渐进性肿大,有时伴牙龈出血影响美容数月或数年"。患者在描述病史时多有长期服用苯妥英钠、硝苯地平(心痛定)、维拉帕米、环孢素等药物史。服药1~6个月开始牙龈渐进性肿胀,无疼痛,出现牙龈炎时有牙龈出血症状。增生严重时可造成进食障碍、影响美容等。口腔检查可见增生的牙龈组织一般显淡粉红色,质地坚韧,略有弹性,一般不易出血;牙龈表面呈桑葚状或分叶状,覆盖部分牙面;继发感染后可出现龈炎的表现。根据长期服药史和临床表现可以作出正确的诊断和鉴别诊断。主要鉴别诊断疾病包括遗传性牙龈纤维瘤病、增生性龈炎。

3. 牙龈纤维瘤病 患者最常见的主诉是"全口牙龈逐渐缓慢增生数年"。患者在描述病史时多有在恒牙萌出后,全口牙龈开始逐渐增生。无长期服药病史,但可有家族史。口腔检查可见牙龈增生累及全口的龈缘、龈乳头、附着龈,甚至达膜龈联合处,以上颌磨牙腭侧最重;增生的牙龈可覆盖部分或整个牙冠,影响咀嚼。增生的牙龈颜色正常,组织坚韧光亮,出血不明显。根据典型的牙龈临床表现或有家族史,无长期服药病史可作出明确诊断和鉴别诊断。主要鉴别诊断疾病包括增生性龈炎、药物性牙龈增生。

4. 牙龈瘤 为炎症反应性瘤样增生物,非真性肿瘤。最常见的主诉是"颊或唇侧牙龈肿胀数月"。患者在描述病史时多有在单个牙齿龈乳头处出现肿物,时常出血,肿胀疼痛。口腔检查可见:在唇颊侧牙龈乳头上可见单个圆形或椭圆形肿块,有时表面可呈分叶状,有蒂者如息肉,无蒂者基底宽,生长缓慢。纤维型牙龈瘤表现为表面光滑,质地较硬,色泽与正常牙龈无异,不易出血。肉芽肿型牙龈瘤色红或暗红,质地较软,触之易出血。血管型牙龈瘤颇似血管瘤,极易出血。根据临床表现可作出诊断和鉴别诊断,确诊需组织病理学检查。主要鉴别诊断疾病是牙龈恶性肿瘤。

5. 青春期龈炎　参见"第1章病史采集与病例分析第一节病史采集二、病史采集方法（三）牙龈出血 2. 青春期龈炎"。

6. 妊娠期龈炎　参见"第1章病史采集与病例分析第一节病史采集二、病史采集方法（三）牙龈出血 3. 妊娠期龈炎"。

7. 白血病的牙龈病损　参见"第1章病史采集与病例分析第一节病史采集二、病史采集方法（三）牙龈出血 5. 白血病的牙龈病损"。

8. 急性多发性龈脓肿　参见"第1章病史采集与病例分析第一节病史采集二、病史采集方法（一）牙痛 10. 急性多发性龈脓肿"。

9. 牙周脓肿　参见"第1章病史采集与病例分析第一节病史采集二、病史采集方法（一）牙痛 11. 牙周脓肿"。

（五）口腔黏膜溃疡

黏膜溃疡是指黏膜上皮完整性发生持续性缺损或破坏，表层坏死脱落而形成凹陷。

1. 复发性阿弗他溃疡（复发性口腔溃疡）　最常见的主诉是"口腔黏膜反复出现破溃、明显疼痛数月或数年"。患者在描述病史时多有反复发生口腔黏膜溃烂，且部位不断变化，发作间隙不定，有时会出现此起彼伏连绵不断，发作时疼痛明显，影响进食，十分痛苦，10天左右愈合。临床上本病可分为以下3型：①轻型阿弗他溃疡，发病率最高，有复发性。好发于缺乏角化层和角化较差的区域如唇内侧、舌腹、颊黏膜等。数量少，多为1到数个，7～10天可自愈。初起为小红点，不发生水疱，可扩大为2～3mm直径的溃疡。临床表现为"红、黄、凹、痛"4征，即周边红，溃疡表面覆盖淡黄色假膜，溃疡面微凹陷，触痛明显。影响进食，愈合后不留瘢痕。②疱疹样阿弗他溃疡，溃疡数目明显增加，可多达十几个，散在分布于角化较差的区域。疼痛比轻型阿弗他溃疡更明显。伴有全身症状如头痛、发热等，下颌下区淋巴结肿大。临床表现与轻型阿弗他溃疡相似，愈合后不留瘢痕。③重型阿弗他溃疡（腺周口疮），溃疡为单个，疼痛明显。初起溃疡与轻型阿弗他溃疡相似，以后溃疡直径可扩大到1～2cm，深达黏膜腺。溃疡显紫红或暗红色，边缘不规则，中央凹陷，状似"弹坑"，周边黏膜红晕，扪诊基底较硬。全身症状如头痛、发热等更明显，颌下区淋巴结肿大。溃疡发作时间长达数月，有自限性，愈合后形成瘢痕。根据复发性、自限性病史规律和临床体征可诊断和鉴别诊断。主要鉴别诊断疾病是坏死性涎腺化生、创伤性溃疡、结核性溃疡、癌性溃疡。

2. 创伤性溃疡　由于病因不同，主诉也不同。最常见的主诉是"因机械（自伤性或非自伤性）刺激或化学刺激或温度刺激引起口腔黏膜破溃伴疼痛数天或数月"。患者在描述病史时多会说出病因所在，如残根残冠磨破黏膜、异物刺伤黏膜、高温烫伤黏膜等。临床上本病可分为以下6型：①褥疮性溃疡，多见于老年人，由残冠等刺激造成，溃疡深及黏膜下层，边缘轻度隆起，色泽灰白，疼痛不明显。②Riga-Fede溃疡，专指儿童舌腹溃疡，新牙摩擦舌系带，引起肉芽肿性溃疡，有坚韧感，影响舌运动。③Bednar溃疡，固定发生在婴儿硬腭、双侧翼沟处黏膜，由吮指或过硬奶头引起，溃疡表浅。④自伤性溃疡，溃疡深在，长期不愈合，基底略硬或有肉芽组织。⑤化学灼伤性溃疡，表面有易碎的白色薄膜，溃疡表浅，疼痛明显。⑥热损伤性溃疡，初期如疱疹，破溃后形成糜烂面或浅表溃疡，疼痛明显。根据病因和去除病因后溃疡可愈合且不复发可作出诊断和鉴别诊断。主要鉴别诊断疾病是重型阿弗他溃疡、结核性溃疡、癌性溃疡。

3. 结核性溃疡　最常见的主诉是"口腔内溃烂数月或数年余"。患者在描述病史时多有口腔上腭部出现小的肿块,无疼痛,以后转变为表浅溃疡,并逐渐扩大,出现疼痛,曾服用抗生素(头孢菌素等)无效。患者多在数年前患有开放性肺结核或与结核病人接触史。临床表现:结核初疮表现为开始是一个小结,发展为顽固性溃疡,周围有硬结。口腔结核性溃疡长期不愈合,表现为边界清楚,中央凹陷,边缘微隆呈鼠噬状向中央卷曲,表面覆盖脓性渗出,擦去后底部可见暗红色的桑椹样肉芽肿。可做胸部 X 线透视,血沉及结核菌素试验,活体组织检查协助诊断。根据临床特点、结核史、结核菌素试验、X 线片检查等作出诊断和鉴别诊断。主要鉴别诊断疾病是重型阿弗他溃疡、创伤性溃疡、梅毒下疳、癌性溃疡、深部真菌感染。

4. 球菌性口炎 本病主要致病菌是金黄色葡萄球菌、草绿色链球菌、溶血性链球菌、肺炎双球菌等。最常见的主诉是"口腔黏膜破溃疼痛伴发热数天"。患者在描述病史时多有原发黏膜病变或机体抵抗力明显低下状态。口腔检查可见在溃疡表面覆盖致密而光滑的灰黄色假膜,棉签稍用力擦去可见溢血创面;溃疡周边红,疼痛明显;有口臭,淋巴结肿大。血常规检查白细胞计数增加,细菌涂片可见大量球菌。根据临床表现和涂片检查可确诊。主要鉴别诊断疾病是白色念珠菌性口炎。

5. 口腔单纯性疱疹 单纯性疱疹病毒分为 1 型和 2 型两个亚型,主要通过飞沫、唾液和疱疹液接触而传染,胎儿可经产道传染。最常见的主诉是"患儿流涎拒绝进食伴发热数天"。本病分为原发性疱疹性口炎和复发性疱疹性口炎,又称复发性唇疱疹。原发性疱疹性口炎以1~5 岁儿童易感,患儿病史多有与疱疹病患者接触史,4~7 天后出现头痛、发热等呼吸道感染的前驱症状,患儿流涎、拒绝进食、烦躁不安。口腔检查黏膜上成簇的针头大小的小水疱散在分布,水疱破溃后形成边界不规则的表浅溃疡,疼痛明显,影响进食。局部淋巴结肿大,有压痛。病程有自限性,10 天左右可自愈。复发性疱疹性口炎又称复发性唇疱疹,好发于成人,以口角区唇红缘皮肤和黏膜交界处多发,初发时表现为红斑,有瘙痒感,后出现成簇的直径 2~3mm 的水疱,水疱破后可出现糜烂,也可干燥后形成黄痂或血痂。10 天左右可自愈,但有诱因时可再发。也可发生在牙龈和硬腭处,形成浅表溃疡。多数可根据临床表现作出诊断。辅助诊断包括涂片查找包涵体、电镜查找病毒颗粒、抗原检测、抗体检测、病毒分离、基因诊断等。主要鉴别诊断疾病是疱疹样阿弗他溃疡、三叉神经带状疱疹、手-足-口病、多形性红斑。

6. 带状疱疹 本病由水痘-带状疱疹病毒引起,机体免疫功能与发病的程度密切相关。发生在三叉神经的带状疱疹占 20%。最常见的主诉是"发疹部位疼痛、烧灼感明显伴低热"。患者在描述病史时多有全身低热、乏力。发疹部位疼痛、烧灼感,有时会出现剧烈牙痛。口腔检查可见口腔黏膜损害表现为疱疹密集,溃疡面较大。第二支累及唇、腭和颞下部、颧部、眶下皮肤;第三支累及舌、下唇、颊及颏部皮肤。病毒侵入膝状神经节引起耳痛、面瘫、愈后的听力障碍称 Ramsay-Hunt 综合征。根据特征性的单侧皮肤-黏膜疱疹,沿神经支分布及剧烈的疼痛可以作出诊断和鉴别诊断。主要鉴别诊断疾病是单纯疱疹、疱疹性咽峡炎。

7. 药物过敏性口炎 最常见的主诉是"患者突发口腔黏膜破溃疼痛伴全身不适"。患者在描述病史时多有服用某种药物(解热镇痛药、安眠镇静药、磺胺类药、抗生素类等)后数小时出现轻度全身不适、头痛、咽痛、低热等,黏膜有烧灼感,然后出现口腔破溃,张口疼痛等症状。且有 4~20 天前曾服用过同一药物病史。潜伏期在初次用药时为 4~20 天,再次用药时为 10h 左右。前驱症状包括轻度全身不适、头痛、咽痛、低热等。口腔病变主要表现为初期黏膜有烧灼感,明显发红水肿,出现红斑、水疱,疱破形成溃疡或糜烂,渗出物在表面形成灰黄色或灰白色假膜,易出血、形成血痂,张口疼痛,有多量血性唾液。皮肤常见为圆形红斑,有时斑中间形成水疱,有瘙痒无明显疼痛。重症者可形成中毒性表皮坏死松解症。根据发病时间与用药有因果关系、为突发的急性炎症、停用可疑药物后病损很快愈合等可作出诊断和鉴别诊断。

8. 口腔黏膜癌性溃疡 最常见的主诉是"病变发生部位黏膜溃烂数月以上"。临床表现根据发生部位略有不同。舌癌临床表现:恶性程度较高,好发于舌缘、舌尖、舌背,以溃疡型或浸润型为主,生长快,浸润性强,影响舌肌造成舌运动障碍,如有感染或侵犯舌根则可产生剧痛。早期即可发生颈淋巴结转移,转移率较高,舌前部癌转移到下颌下或颈深淋巴结上、中群,舌尖部癌转移到颏下或颈深中群淋巴结,远处转移多转移到肺。牙龈癌临床表现:分化程度较高,生长较缓慢,溃疡型多见,浸润牙槽突和颌骨使骨质破坏,引起牙齿松动及疼痛。下牙龈癌转移较早,一般转移到患侧下颌下及颏下淋巴结,上牙龈癌多转移到患侧下颌下和颈深淋巴结。腭癌临床表现:鳞癌少见,细胞多为高分化,发展比较缓慢,常引起腭穿孔,硬腭癌转移到颈深上淋巴结。唇癌临床表现:仅限于唇红黏膜原发癌。主要为鳞癌,好发于下唇中外 1/3 处,早期为疱疹状结痂的肿块或黏膜增厚,以后出现火山口状溃疡或菜花状肿块,生长慢,多无自觉症状。下唇癌转移到颏下和下颌下淋巴结,上唇癌转移到耳前、下颌下或颈淋巴结。口底癌临床表现:早期常为溃疡型,有疼痛、口涎增多、舌运动受限,可出现吞咽困难和语音障碍。常早期发生转移,转移到颏下、下颌下或颈深淋巴结,常发生双侧转移。最终诊断和鉴别诊断应以组织病理学检查为依据。主要鉴别诊断疾病是重型阿弗他溃疡、结核性溃疡、创伤性溃疡、梅毒下疳、深部真菌感染。

(六)口腔黏膜白色斑纹

1. 口腔扁平苔藓 最常见的主诉是"口腔黏膜有粗糙、木涩感,遇热酸咸刺激敏感,灼痛数月或数年"。患者在描述病史时多有遇辛辣、热、酸、咸味刺激可出现烧灼痛,平时多无自觉症状,有时出现粗糙感、木涩感、烧灼感,口干等症状。临床检查可见:①皮肤损害:为扁平而有光泽的多角形丘疹,粗糙,丘疹间可见皮肤皱褶,瘙痒感明显。②指甲和(或)趾甲损害:甲体变薄而无光泽,按压时有凹陷,甲体表面可有细鳞、纵沟、点隙、切削面。③口腔黏膜损害:特征为珠光白色条纹,整个线条不被红纹"切割"。④网状损害:多见于磨牙区颊黏膜与前庭沟,也可发生于舌边缘和牙龈上。⑤丘疹:状如针头大小,微隆。⑥斑块:圆形或椭圆形多见,常位于舌背两侧,损害区乳头消失而平伏,使病损看上去是周白中红。⑦水疱:一般为粟粒状,多见于软腭,易糜烂。⑧糜烂:糜烂型少见。⑨生殖器黏膜损害:暗红色或椭圆形损害,表面可见白色网状损害,易发生糜烂。根据临床表现可作出初步诊断,确诊需进行组织病理学检查。主要鉴别诊断疾病包括盘状红斑狼疮、白斑、天疱疮、多形性红斑、苔藓样反应。

2. 口腔白色角化病 最常见的主诉是"口腔黏膜有干涩、粗糙不适感数年"。患者在描述病史时多有长期的口腔黏膜干涩、粗糙不适感,有长期吸烟史。口腔检查可见颊、唇、舌等部位有灰白色、乳白或浅白色边界不清的斑块或斑片,表面平滑、基底柔软无结节。由吸烟造成的发生在腭部或牙龈的呈弥漫性分布伴有散在红色点状的灰白色或浅白色病损称尼古丁性口炎。病变对应区可有不良修复体、残根、残冠及锐利牙尖或边缘。根据局部刺激因素,灰白色、乳白或浅白色边界不清的斑块或斑片及去除局部刺激因素病变可缩小或消失可作出诊断。主要鉴别诊断疾病包括白色水肿、颊白线、灼伤。

3. 口腔白斑病 最常见的主诉是"口腔黏膜出现白色斑块数月或数年余"。患者在描述病史时多有平时无明显症状,发现的白色斑块,擦不掉,无疼痛,无明显隆起,未发生过溃疡;有时出现粗糙感、木涩感、味觉减退。多有大量吸烟史,全身其他系统无异常。口腔检查可见①斑块型口腔白斑:口腔黏膜上出现白色或灰白色的匀质型斑块,质地紧密,轻度隆起或高低不平,初起光滑,以后变厚、粗糙,有粗涩感。②颗粒型口腔白斑:又称颗粒结节型口腔白斑,口角区多见,多呈三角形,色泽红白相间,红色区域为萎缩的赤斑,赤斑表面有白色结节——颗粒状白斑,易溃疡,可有刺痛。③皱纸型口腔白斑:多见于口底-舌腹,表面高低起伏状如白色皱纸,基底软。④疣状型口腔白斑:损害隆起,表面高低不平,伴有乳头状或刺毛状突起;触诊微硬,粗糙感明显,常因溃疡形成而发生疼痛,此时常提示癌前损害已有进一步发展的可能。根据临床表现、病理学检查、脱落细胞检查和甲苯胺蓝染色可作出诊断和鉴别诊断。主要鉴别诊断疾病包括白色角化病、白色水肿、白色海绵状斑痣、扁平苔藓、梅毒黏膜斑、迷脂症。

4. 盘状红斑狼疮　最常见的主诉是"唇部黏膜反复糜烂出血数月或数年余"。患者在描述病史时多无明显自觉症状,有时出现瘙痒、刺痛、灼热等表现。部分患者出现不规则发热、淋巴结肿大、胃肠道症状等全身症状。临床检查可见黏膜病损:椭圆形或圆形片状糜烂,边界清楚,病损处凹下似盘状,周边有较短的白色条纹呈放射状排列。下唇唇红黏膜先表现为暗红色丘疹或斑块,后形成红斑样病损,片状糜烂,中心凹下似盘状,周边有红晕,外有放射状排列的白色条纹。可侵入皮肤,唇红与皮肤界限消失,此为本病的特征性表现。继发感染后可形成灰褐色脓痂。皮肤病损:初起是皮疹,呈圆形或不规则形红色斑,边界清楚,表面有毛细血管扩张和灰褐色附着性鳞屑覆盖,取下的鳞屑似"图钉",即角质栓。发生在鼻梁和鼻侧以及双侧颧部皮肤的状似蝴蝶形的"蝴蝶斑"为其典型病损。根据下唇唇红黏膜红斑样病损中心凹下似盘状,周边有红晕,外有放射状排列的白色条纹;发生在鼻梁和鼻侧以及双侧颧部皮肤的状似蝴蝶形的"蝴蝶斑"等临床表现,以及实验室检查和组织病理学检查可作出诊断和鉴别诊断。主要鉴别诊断疾病包括慢性唇炎、扁平苔藓、良性淋巴增生性唇炎。

5. 白色念珠菌性口炎　最常见的主诉(以急性假膜型为例)是"新生患儿烦躁不安、啼哭、哺乳困难伴轻度发热数天"。白色念珠菌性口炎根据在口腔黏膜上的损害情况,临床分为4个类型,每型的病史描述略有不同。急性假膜型白色念珠菌性口炎(雪口病)好发于婴幼儿与重病患者,常伴有口干、灼痛感,患儿常出现烦躁、拒食等。多见于唇、舌、颊、软腭等部位,黏膜充血明显,在充血的黏膜上附以凝乳状的小白点,也可融合成白色斑块,不易擦去,强行擦去可留下潮红无上皮的出血面。急性萎缩型白色念珠菌性口炎多在长期、大量应用抗生素后急性发作,患者常先出现味觉异常或味觉丧失,口腔干燥,黏膜灼痛。舌背上因乳头萎缩形成边界清楚的乳头萎缩区,表现似上皮剥脱的红色斑片状,周围为舌苔,疼痛明显。萎缩表面可出现白色假膜,白色假膜内直接镜检可见菌丝和芽胞。慢性红斑(萎缩)型白色念珠菌性口炎,患者有戴义齿病史,常发生于义齿的承托区黏膜。黏膜损害大小不等,黏膜充血,色鲜红,中间点缀有小白点,有时可出现小疱,疼痛不明显,常伴有双侧口角炎,白色假膜内直接镜检可见菌丝和芽胞。慢性肥厚(增生)型白色念珠菌性口炎病程长,为灰白色和白色斑块,白斑表面可擦去。斑块好发于舌腹-口底、舌背、颊黏膜等。活体组织检查可见菌丝和上皮异常增生。因此,本型属癌前病变。根据临床表现和实验室检测(涂片法、培养法、免疫法、活检法、基因诊断)可作出诊断和鉴别诊断。主要鉴别诊断疾病包括球菌性口炎、扁平苔藓、白斑。

6. 苔藓样变　最常见的主诉是"口腔黏膜靠近银汞充填区有烧灼或刺痛等不适感数天"。患者在描述病史时多有口腔黏膜不适区相对应的牙齿2～3天前曾用银汞合金充填或金属冠修复牙体缺损病史,现黏膜出现烧灼感或刺痛感。口腔检查可见与银汞合金充填或金属冠修复牙对应区黏膜和牙龈出现发红伴白色条纹状病变。根据病史、临床表现及去除金属材料后症状消失可作出诊断和鉴别诊断。主要鉴别诊断疾病是扁平苔藓。

7. 白色海绵状斑痣　最常见的主诉是"口腔黏膜大面积出现灰白色水波样皱褶或沟纹数月或数年"。患者在描述病史时多有家族史,无明显临床症状。儿童期即可发生,但在青春期发展迅速,可累及全口黏膜,成年期开始进入静止状态。本病属原因不明的遗传性或家族性疾病。临床表现主要是黏膜上可见灰白色水波样皱褶或沟纹,具有特殊的珠光色和正常黏膜的柔软及弹性,表面有小的滤泡,状似海绵。揭去皱褶露出无痛、不出血的类似正常上皮的光滑面。根据病史、家族史、临床表现及病理检查可作出诊断。主要鉴别诊断疾病包括扁平苔藓、白斑。

8. 口腔黏膜下纤维化　最常见的主诉是"口腔黏膜破溃伴疼痛、味觉减退数月或数年"。患者在描述病史时多有长期咀嚼槟榔或进食刺激性食物等嗜好。口腔内反复破溃,出现疼痛、烧灼、味觉减退等感觉,出现口干、唇舌麻木等自觉症状。发展到一定时期出现张口受限、吞咽困难现象。口腔检查可见苍白或灰白色病变,表面有小疱,破溃后形成溃疡。然后可见浅黄色、不透明、无光泽的条索样损害。严重者出现舌背表面丝状乳头消失形成光滑舌。根据病史、临床表现及病理学检查可作出诊断。主要鉴别诊断疾病包括扁平苔藓、白斑、白色角化病。

9. 梅毒黏膜斑　最常见的主诉是"口腔黏膜或牙龈破溃糜烂疼痛月余"。患者在描述病史时多有口腔黏膜或牙龈糜烂,疼痛,说话嘶哑,同时皮肤上出现散在、对称的棕红色斑疹,无瘙痒,出现全身症状如头痛、低热。数月前口腔黏膜曾出现溃疡,无疼痛,触之较硬,1个月后愈合。有不健康性生活史。口腔检查可见病变为灰白色光亮微隆起的斑块,表面糜烂,覆盖灰白色假膜,周围有红晕。触诊疼痛较硬,皮肤上可见散在、对称的棕红色斑疹。血清学检查强阳性反应。根据病史、临床表现、实验室检查及血清学检查可作出诊断。主要鉴别诊断疾病包括扁平苔藓、白斑、白色念珠菌病。

10. 迷脂症　患者一般无自觉症状,常无意中发现。口腔黏膜上可见散在或成簇状的粟粒大小的淡黄色或黄白色光滑柔软的斑疹或丘疹。属皮脂腺异位或错生。

(七)口腔黏膜及皮肤窦道和瘘管

1. 慢性根尖周炎　参见"第1章病史采集与病例分析第一节病史采集二、病史采集方法(一)牙痛7. 慢性根尖周炎"。慢性根尖周炎脓液排泄的径路决定瘘孔的部位——颊侧黏膜瘘、舌侧黏膜瘘、牙龈瘘、颏部皮瘘、少见的颈瘘和内眦瘘。

2. 牙周脓肿　参见"第1章病史采集与病例分析第一节病史采集二、病史采集方法(一)牙痛11. 牙周脓肿"。

3. 智齿冠周炎　参见"第1章病史采集与病例分析第一节病史采集二、病史采集方法(一)牙痛12. 智齿冠周炎"。本病迁延至慢性期时可形成牙龈黏膜瘘,少数情况可形成颊部皮瘘。

4. 化脓性中央性颌骨骨髓炎　参见"第1章病史采集与病例分析第一节病史采集二、病史采集方法(二)牙松动7. 化脓性中央性颌骨骨髓炎"。本病慢性期的临床特点:口腔内和颌面部皮肤形成多数瘘孔,大量炎性肉芽组织增生,触之易出血,长期排脓,有时从瘘孔排出死骨片。

5. 化脓性边缘性颌骨骨髓炎　患者多为青年人,病源以智齿冠周炎为主。最常见的主诉是"下颌后牙及下颌角区肿胀疼痛、张口受限半月余"。患者在描述病史时多有下颌智齿冠周炎发病的症状，常出现张口受限，进食困难。临床检查可见急性期出现间隙感染的临床症状，常易被忽略；慢性期则表现为慢性炎症浸润的局部肿胀，以下颌角为主，压痛，张口受限，瘘管或切开引流处有脓性分泌物流出。用探针经瘘管探查可探及粗糙骨面，经用抗生素或切开引流后症状无明显改善；慢性期 X 线片所见多为骨质疏松、脱钙或骨质增生，可见小块死骨，与周围骨质无明显界限，升支后缘、角前切迹等处皮质骨可见条状骨膜反应。根据病史、病因、临床表现及 X 线片检查可以作出诊断。主要鉴别诊断疾病包括骨肉瘤、纤维骨瘤。

6. 涎瘘　最常见的主诉是"腮腺区外伤或手术后皮肤出现瘘孔，进食时有清亮唾液流出"。患者在描述病史时多有腮腺及其导管损伤或手术史，有时化脓性感染也可破坏腺体或导管引起涎瘘。在进食、咀嚼、嗅到甚至想到美味食品时，皮肤上的点状瘘孔会有大量唾液流出。临床表现可见腺体瘘时，在皮肤上小的瘘孔周围有瘢痕，经常有少量清亮唾液流出，特别是在进食时。导管瘘时，如无感染瘘口流出清亮唾液，瘘口周围皮肤出现潮红、糜烂或出现湿疹。根据病史和临床表现，特别是进食时瘘口唾液流量增加的特征性表现可以作出诊断，碘油造影可以确定涎瘘部位。

7. 鳃裂瘘　以第一鳃裂瘘为例，最常见的主诉是"在患儿耳垂下皮肤有小孔溢出豆腐渣样分泌物"。在描述病史时多有患者耳垂下至下颌角之间的任何部位皮肤上出现小的瘘孔，有黏液样分泌物（第一鳃裂瘘有皮脂样分泌物）溢出。临床检查可见：鳃裂囊肿多由胚胎鳃裂残留组织所形成。发生在下颌角以上及腮腺区者来源于第一鳃裂，发生在肩胛舌骨肌水平以上者来源于第二鳃裂，发生在颈根区者来源于第三、四鳃裂，以来源于第二鳃裂者最多见。囊肿表面光滑，大小不定，生长缓慢，无自觉症状。肿块质地软，有波动感但无搏动，囊肿穿破形成的鳃裂瘘有外口无内口，原发性鳃裂瘘既有内口又有外口。穿刺可抽出黄色、清亮、含或不含胆固醇晶体的囊液。可以癌变。第一鳃裂瘘外口在耳垂下至下颌角之间，内口在口角至外耳道之间；第二鳃裂外口在颈中下 1/3 处，内口在咽侧壁；第三、四鳃裂外口在颈下部，内口在梨状隐窝或食管入口处。根据病史、囊肿发生的部位区分出各鳃裂囊肿，瘘口发生的位置区分各鳃裂瘘。

8. 甲状舌管瘘　最常见的主诉是"在颈正中线有一包块，可随吞咽及伸舌等动作而移动"或"颈正中皮肤上有小瘘孔，有黄色稀薄或黏稠性液体流出"。在描述病史时多有患者在颈正中线有一包块，生长缓慢，可随吞咽及伸舌等动作而移动，多无自觉症状。颈部正中皮肤有小孔，有黏稠性液体流出。临床检查可见囊肿可发生于颈正中线自舌盲孔至胸骨切迹间的任何部位。生长缓慢，呈圆形，质软，周界清楚，与皮肤及周围组织无粘连，舌骨以下的囊肿可随吞咽及伸舌等动作而移动。无自觉症状，可以继发感染，并自行破溃形成甲状舌管瘘。长期不治可发生癌变。瘘口形成者碘油造影可确定甲状舌管瘘的诊断。本病应与舌异位甲状腺鉴别。

9. 先天性耳前瘘　最常见的主诉是"耳轮脚前（少数在耳郭三角窝或耳甲腔部）皮肤上小孔挤压流出白色皮脂样液体"。在描述病史时多有患者在耳轮脚前（少数在耳郭三角窝或耳甲腔部）皮肤上有小孔，一般无症状，有时可出现瘙痒，挤压流出少量白色皮脂样液体，味微臭。临床检查皮肤上有一个小孔，微凹。感染后出现局部红肿、疼痛、溢脓，脓肿穿破后可形成多个瘘孔。感染可反复发作形成瘢痕。根据病史、临床检查可作出诊断。

（八）口腔异味

1. 慢性阻塞性腮腺炎　最常见的主诉是"腮腺反复肿胀数月，肿胀与进食有关"。患者在描述病史时多有起病时间不确定,腮腺反复肿胀,且肿胀与进食有关,发作时伴有轻微疼痛。患者按摩腮腺区可有"咸味"液体流出,有臭味。临床检查可见疼痛轻微,扪诊腮腺轻度肿大,中等硬度,挤压腺体导管口可有浑浊的"雪花样"或黏稠的蛋清样唾液流出,腮腺造影显示主导管、叶间、小叶间导管部分狭窄、部分扩张,表现为腊肠样改变。根据病史、临床表现和腮腺造影可作出诊断和鉴别诊断。主要鉴别诊断疾病包括成人复发性腮腺炎、舍格伦综合征继发感染。

2. 涎石症和慢性下颌下腺炎　最常见的主诉是"进食时下颌下腺区肿胀、疼痛明显数月或数年"。患者在描述病史时多有进食时腺体肿大,胀痛感明显,可出现"涎绞痛"。常伴有同侧舌或舌尖痛,停止进食腺体自行恢复,疼痛消失。口腔内有异味。临床检查可见导管口黏膜红肿,挤压腺体导管口可有少量脓液溢出。导管内可触及涎石。腺体可继发感染并反复发作。慢性下颌下腺炎时,腺体呈硬结性肿块,导管口可流出带有异味的脓性或黏液脓性唾液。X线检查可见涎石。根据病史、临床检查和X线片检查可作出诊断和鉴别诊断。主要鉴别诊断疾病包括舌下腺肿瘤、下颌下腺肿瘤、慢性硬化性下颌下腺炎、下颌下淋巴结炎。

3. 慢性龈缘炎　参见"第1章病史采集与病例分析第一节病史采集二、病史采集方法(三)牙龈出血1. 慢性龈缘炎"。

4. 急性坏死性溃疡性龈炎　参见"第1章病史采集与病例分析第一节病史采集二、病史采集方法(一)牙痛9. 急性坏死性溃疡性龈炎"。

5. 急性多发性龈脓肿　参见"第1章病史采集与病例分析第一节病史采集二、病史采集方法(一)牙痛10. 急性多发性龈脓肿"。

6. 牙周脓肿　参见"第1章病史采集与病例分析第一节病史采集二、病史采集方法(一)牙痛11. 牙周脓肿"。

7. 龋病　参见"第1章病史采集与病例分析第一节病史采集二、病史采集方法(一)牙痛1. 龋病"。

8. 智齿冠周炎　参见"第1章病史采集与病例分析第一节病史采集二、病史采集方法(一)牙痛12. 智齿冠周炎"。

9. 干槽症　参见"第1章病史采集与病例分析第一节病史采集二、病史采集方法(一)牙痛13. 干槽症。"

10. 口腔黏膜癌性溃疡　参见"第1章病史采集与病例分析第一节病史采集二、病史采集方法(五)口腔黏膜溃疡8. 口腔黏膜癌性溃疡"。

11. 球菌性口炎　参见"第1章病史采集与病例分析第一节病史采集二、病史采集方法(五)口腔黏膜溃疡4. 球菌性口炎"。

12. 引起口腔异味的全身系统疾病　糖尿病患者出现具有甜味、果味混合的"烂苹果"口腔异味;尿毒症患者出现氨味或尿味口腔异味;呼吸系统疾病如肺脓肿出现腐败性恶臭味;肝脏疾病患者出现氨气样口腔异味;胃肠道疾病也可引起口腔异味;慢性鼻窦炎可出现脓性口腔异味。

(九)口干

1. 舍格伦综合征　最常见的主诉是"口干、眼干伴口腔内灼热、发黏及味觉异常数月或数年"。患者在描述病史时多有病程进展缓慢,唾液分泌减少引起口干,严重时影响语言、咀嚼及吞咽困难;泪液分泌减少引起角膜、结膜炎,可伴视力下降。多伴有其他自身免疫性疾病。临床表现可见唾液腺弥漫性肿大,以腮腺为多见,边界不清,多为双侧,挤压腺体有浑浊的雪花样唾液或脓液流出。有时可触及类肿瘤型的结节状肿块。泪腺受累引起干燥性角膜、结膜炎;泪腺肿大可致睁眼困难,睑裂缩小,形似三角眼。口腔内检查可见口腔黏膜干燥,口镜与黏膜黏着不能滑动,唇舌黏膜红,舌表面干燥并出现裂纹,舌背丝状乳头消失形成镜面舌。患者常出现猖獗龋。造影呈唾液腺末梢导管扩张,排空功能减退。根据病史、临床表现、造影、唇腺活检及实验室检查包括血沉加快、自身抗体阳性等;全唾液量少于 3ml 及泪腺分泌功能测定等可作出诊断。

2. 慢性放射性口炎　最常见的主诉是"放射治疗后口腔干燥、牙龈出血"。本病分为急性放射性口炎和慢性放射性口炎,慢性放射性口炎患者在描述病史时多以口腔干燥为主要症状,伴有牙龈出血及食欲缺乏、失眠、疲倦等全身症状。临床表现可见舌背舌乳头萎缩,光滑发红,味觉异常。如伴有白色念珠菌感染可出现白色斑块、牙龈红肿出血。皮肤出现干燥、出血点、脱发等。根据放射治疗特殊人群、临床表现可作出诊断。放射性口炎应与舍格伦综合征相鉴别。

3. 慢性阻塞性腮腺炎　参见"第1章病史采集与病例分析第一节病史采集二、病史采集方法(八)口腔异味 1. 慢性阻塞性腮腺炎"。

4. 涎石症　参见"第1章病史采集与病例分析第一节病史采集二、病史采集方法(八)口腔异味 2. 涎石症和慢性下颌下腺炎"。

5. 唾液腺良性肥大　最常见的主诉是"双侧腮腺渐进性肿大,肿胀反复发作数年"。患者在描述病史时多有双侧偶有单侧腮腺(绝大多数)或下颌下腺缓慢肿大,肿胀可反复发作出现时大时小现象,但无痛,也不会消失。临床检查可见腺体弥漫性肿大,触之柔软,无包块和压痛,导管口无红肿,挤压腺体可有清亮唾液流出,可出现分泌减少。根据病史、临床检查和唾液腺造影可作出诊断。主要鉴别诊断疾病包括唾液腺肿瘤、舍格伦综合征。

6. 其他

(1)系统性疾病:包括缺铁性贫血——口腔干燥,黏膜苍白,唾液黏稠;糖尿病——出现口干、黏膜灼痛、黏膜干燥失去光泽,唾液量少而黏稠;尿毒症——烦渴,口腔干燥明显;老年性口干——唾液分泌减少,口腔干燥。

(2)药物性口干:常见药物包括抗胆碱药、降血压药、抗抑郁药、β受体阻滞药、抗组胺药和各种抗精神病药。

(3)唾液消耗增加:如口呼吸、戴修复义齿等。

(十)颌面部肿痛

1. 间隙感染　口腔颌面部的间隙根据解剖结构和临床感染常出现的部位分为眶下间隙、咬肌间隙、翼下颌间隙、颞下间隙、颞间隙、下颌下间隙、颊间隙、口底间隙等。以眶下间隙为例最常见的主诉是"面部眶下区肿胀疼痛明显数天"。患者在描述病史时多有上颌尖牙或第一前磨牙或上颌切牙的根尖周炎发作病史,眶下区肿胀疼痛。各间隙感染的临床表现:①眶下间隙感染时眶下区肿胀,皮肤发红,鼻唇沟消失,眼睑水肿等。脓肿形成后在眶下区可触及波动感。口腔前庭龈颊沟处有明显肿胀、压痛,可扪得波动。②咬肌间隙感染时以下颌支和下颌角为中心的肿胀,伴张口受限。不易触及波动感。③翼下颌间隙感染时有牙痛史,出现张口受限、咀嚼和吞咽食物时疼痛明显,翼下颌皱襞处黏膜水肿。需穿刺才能确定有无脓肿形成。④颞下间隙感染时外观表现常不明显,颧弓上、下及下颌支后方微肿,有深压痛,伴有程度不同的张口受限,但常合并有相邻间隙的感染症状。⑤下颌下间隙感染时以下颌下淋巴结炎为早期表现,下颌下三角区肿胀,下颌骨下缘轮廓消失,有压痛。如向舌下间隙扩散可出现舌运动疼痛、吞咽不适等。⑥口底多间隙感染时化脓菌引起的早期症状主要表现在一侧下颌下间隙或舌下间隙,后期可发生口底部弥漫性肿胀。如为腐败坏死性病原菌引起的表现为软组织广泛性水肿,颌骨周围有剧痛,红肿坚硬,皮肤紫红色,有气体时可有捻发音。切开后流出咖啡色、恶臭、有气泡的液体。如波及舌根部会发生窒息。全身症状非常严重。根据病史、临床检查、分析感染来源,结合化验穿刺检查可作出正确诊断。

2. 面颈部淋巴结炎

(1)化脓性淋巴结炎:最常见的主诉是"局部淋巴结区肿胀、压痛明显数日"。患者在描述病史时多有口腔感染、面部皮肤疖痈等病史,局部淋巴结触痛明显。临床检查可见急性者开始表现为局部淋巴结肿大变硬,疼痛或压痛,淋巴结边界清楚无粘连。感染化脓后包膜破溃形成炎性浸润块,淋巴结与周围组织粘连。可出现全身症状。慢性者淋巴结形成微痛的硬结,淋巴结可活动、有压痛,无全身症状。

(2)结核性淋巴结炎:最常见的主诉是"局部淋巴结区缓慢无痛肿胀数月或数年"。患者在描述病史时多有面颈部淋巴结肿大,无明显压痛,全身出现低热、盗汗、疲倦等症状。多有肺等其他器官结核病史。临床检查可见轻者有淋巴结肿大,无全身症状。重者常有体虚、营养不良等全身症状及其他器官的结核病变或病史,局部可见单个或多个成串的、缓慢肿大的淋巴结,无粘连,中心可出现干酪样坏死而变软,皮肤无红、热及明显压痛,又称"冷脓肿"。面颈部结核性淋巴结炎根据病史、临床表现可作出诊断。化脓性淋巴结炎与结核性淋巴结炎的鉴别诊断主要靠穿刺脓液检查。

3. 面部疖痈　单一毛囊及附件发生感染者称疖,相邻多数毛囊及附件发生感染者称痈。主要病原菌是金黄色葡萄球菌。以唇痈为例最常见的主诉是"唇部极度肿胀、疼痛伴张口受限数天"。患者在描述病史时多有唇部肿胀明显,疼痛剧烈,唇部可迅速出现增大的紫红色肿块,张口受限影响进食和语言。局部淋巴结肿痛,全身中毒症状明显。临床检查可见疖初期表现为皮肤出现红、肿、热、痛小结节,然后出现黄白色脓头,瘙痒、跳痛,最后脓头破溃或形成脓栓。痈好发于唇部,有剧烈的疼痛,可形成迅速增大的紫红色炎性浸润块,然后皮肤出现多数黄白色脓头,破溃,周围组织坏死溶解排出形成多数蜂窝状腔洞,患者在发病期出现唇部极度肿胀、疼痛、张口受限、进食困难。并发症:易引起海绵窦血栓性静脉炎。

4. 颌面部放线菌病　最常见的主诉是"腮腺及下颌角区出现棕红色无痛性硬结数月"。患者在描述病史时多有病变区出现缓慢发展的无痛性硬结,发病一段时间后出现张口困难,咀嚼、吞咽时出现疼痛。临床检查可见面部软组织病变区触诊硬如板状,有压痛,与正常组织无分界线。晚期病变中央区液化,皮肤变软,出现多个小脓肿,有黄色黏稠脓液流出。脓液染色检查可见硫磺样颗粒。根据临床表现和细菌学检查可作出诊断。

5. 急性化脓性腮腺炎　最常见的主诉是"腮腺区以耳垂为中心肿胀,持续疼痛数天"。患者在描述病史时多有开始发病时病变区仅有轻微疼痛、肿胀、压痛,以后疼痛加剧,出现跳痛,触痛明显,以耳垂为中心肿胀,耳垂上抬,伴轻度张口受限。临床检查可见早期症状不明显,病变发展引起腮腺区疼痛、肿大、压痛,导管口轻度红肿。病情进入化脓、腺体组织坏死期,可出现持续性疼痛或跳痛,腮腺区肿胀更明显,可引起蜂窝织炎。表面皮肤出现红、肿、硬性浸润,触痛明显。有脓液自导管口溢出,全身中毒症状明显。脓肿穿破皮肤或切开引流后可形成涎瘘。不合适做腮腺造影。根据病史、临床表现可作出诊断。主要鉴别诊断疾病包括流行性腮腺炎、咬肌间隙感染。

6. **智齿冠周炎**　参见"第1章病史采集与病例分析第一节病史采集二、病史采集方法（一）牙痛12. 智齿冠周炎"。

7. **牙周脓肿**　参见"第1章病史采集与病例分析第一节病史采集二、病史采集方法（一）牙痛11. 牙周脓肿"。

8. **急性根尖周炎**　参见"第1章病史采集与病例分析第一节病史采集二、病史采集方法（一）牙痛6. 急性根尖周炎"。

9. **化脓性中央性颌骨骨髓炎**　参见"第1章病史采集与病例分析第一节病史采集二、病史采集方法（二）牙松动7. 化脓性中央性颌骨骨髓炎"。

10. **涎石症和慢性下颌下腺炎**　参见"第1章病史采集与病例分析第一节病史采集二、病史采集方法（八）口腔异味2. 涎石症和慢性下颌下腺炎"。

（十一）张口受限

张口受限程度分类：轻度——上下颌切牙切缘间可置二横指，为2.0～2.5cm；中度——上下颌切牙切缘间可置一横指，为1.0～2.0cm；重度——上下颌切牙切缘间距少于一横指，<1.0cm；完全性张口受限（牙关紧闭）——完全不能张口。

1. **颞下颌关节紊乱病**　最常见的主诉是"张闭口时颞下颌关节区疼痛伴弹响数月余"。患者在描述病史时多有在开口和咀嚼运动时关节区及周围肌群出现疼痛，有弹响，无自发痛，且病期较长。有时出现头痛、耳鸣、听力下降、吞咽困难、语言困难、慢性全身疲劳等。临床表现可见病程分三个阶段：功能紊乱阶段、结构紊乱阶段、关节器质性破坏阶段。四大主要症状：下颌运动异常包括过大或过小、偏斜或歪曲、开闭运动出现绞锁；疼痛主要出现在开口和咀嚼运动时关节区或关节周围肌群，无自发痛；弹响和杂音包括弹响音、破碎音、摩擦音；咀嚼肌疼痛引起的头痛。根据病史、临床表现、X线平片和关节造影可以作出诊断。主要鉴别诊断疾病包括肿瘤、颞下颌关节炎、耳源性疾病、颈椎病、茎突过长症、癔症性牙关紧闭、破伤风牙关紧闭。

2. **颞下颌关节强直**　因器质性病变导致长期开口困难或完全不能开口者称颞下颌关节强直，分为关节内强直（真性关节强直）和颌间挛缩（关节外强直）。

（1）关节内强直：最常见的主诉是"进行性开口困难或完全不能开口数年"。患者在描述病史时多有数年前曾有过化脓性中耳炎病史或关节损伤史。然后出现渐进性张口困难，直至完全不能张口。临床检查可见开口困难，面下部发育障碍畸形，殆关系错乱，髁突活动减弱或消失。X线表现：第一类关节解剖形态消失，间隙模糊；第二类关节间隙消失，髁突和关节窝融合呈骨球状；第三类正常的髁突、颧弓、下颌切迹影像消失，下颌支和颧弓融合呈T形。

（2）关节外强直：最常见的主诉是"进行性开口困难或完全不能开口数年"。患者在描述病史时多有因坏疽性口炎引起口腔糜烂史、上下颌骨损伤史、放射治疗史。临床检查可见开口困难，面下部发育障碍畸形和殆关系错乱较轻，口腔或颌面部瘢痕挛缩或缺损畸形，髁突活动减弱或消失，X线检查髁突、关节窝和关节间隙清晰可见。关节内强直和关节外强直的诊断和鉴别诊断主要根据病史、临床检查和X线征。

3. **智齿冠周炎**　参见"第1章病史采集与病例分析第一节病史采集二、病史采集方法（一）牙痛12. 智齿冠周炎"。

4. **间隙感染**　参见"第1章病史采集与病例分析第一节病史采集二、病史采集方法（十）颌面部肿痛1. 间隙感染"。

5. 口腔黏膜晚期恶性肿瘤　参见"第1章病史采集与病例分析第一节病史采集二、病史采集方法（五）口腔黏膜溃疡8. 口腔黏膜癌性溃疡"。

6. 其他　全身疾病如破伤风主要表现为发病快，面部肌肉抽搐、苦笑面容、吞咽困难，张口困难只是其中表现之一；癔症主要表现为发病急，可问及诱因。颌面部外伤是张口受限的常见病因。

(十二)修复后疼痛

1. 基牙疼痛

(1)过敏性疼痛：包括固定桥戴入和粘固过程中、粘固后近期内、粘固后使用一段时期后出现遇冷热刺激疼痛及可摘义齿基牙预备不当义齿戴入后出现牙本质过敏。最常见的主诉是"义齿修复后在刷牙、进冷热饮食时患牙感觉疼痛"。患者在描述病史时多有戴入修复体后不久出现遇冷热刺激疼痛，无自发痛。或戴入一段时间后出现修复体松动，食物易嵌塞，饮冷热水时有渗入牙齿引起疼痛现象，无自发痛。口腔检查可发现在修复体已经戴入一定时间的基牙可出现继发龋或牙龈退缩或固位体松动或粘固剂溶解表现。

(2)咬合痛：包括固定桥戴入短期内因早接触点引起的创伤性牙周膜炎、固定桥戴入一段时期后出现牙周膜炎或根尖周炎。最常见的主诉是"义齿修复后咬硬物时疼痛或无法将食物咬碎"。患者在描述病史时多有戴入修复体后出现咀嚼疼痛，叩痛，患牙有浮出感。口腔检查可见有早接触或咬合异常。如因𬌗创伤已经造成根尖周炎时则出现根尖周炎的症状和临床表现。

(3)自发痛：修复体粘固后近期内出现自发痛，多由于牙体预备不当引起牙髓炎或基牙原有慢性牙髓炎义齿戴入前未诊断出。可摘义齿修复一段时间后出现自发痛，多由于牙体预备时未将基牙龋坏去干净或义齿设计不合理造成牙菌斑沉积引起龋坏诱发牙髓炎。修复体粘固后一段时间内出现自发痛，多由于原有龋坏组织未除净引起牙髓炎，修复体因边缘不密合或修复体松动、破损产生继发龋引起牙髓炎，修复前根管治疗不完全或牙体预备时根管侧穿未发现，可引起根尖周炎或牙周炎。少数由于异种金属之间产生的微电流引起瞬间触电样疼痛。如已经产生牙髓炎、根尖周炎或牙周炎时则出现相应的症状和临床表现。

2. 软组织疼痛

(1)固定义齿引起的软组织疼痛：主要是急性龈乳头炎。多由于多余的粘固剂未除净、固位体边缘过长或不密合、有悬突、邻面接触点恢复不良、桥体龈端压迫牙槽嵴等所引起。参见"第1章病史采集与病例分析第一节病史采集二、病史采集方法（一）牙痛8. 急性龈乳头炎"。

(2)可摘义齿引起的软组织痛：最常见的主诉是"义齿戴入后疼痛影响进食数天"。患者在描述病史时多有戴入修复体后开始正常，使用2～3天后出现咬合时疼痛，无法进食。口腔检查发现：基托边缘过长、过锐或牙槽嵴部有骨尖及骨突等对软组织造成损伤，使黏膜发生炎症和溃疡；硬区缓冲不够，义齿下沉压迫硬区黏膜产生疼痛；义齿不稳定，𬌗支托未起到支持作用，引起基托摩擦软组织产生疼痛；卡环臂过低刺激牙龈或舌侧卡臂过高摩擦舌边缘引起黏膜发炎，疼痛。

(3)全口义齿引起的软组织痛：最常见的主诉是"义齿戴入后疼痛，黏膜破溃影响进食数天"。患者在描述病史时多有开始戴入义齿后进食正常，但数天后口腔内出现明显疼痛，破溃，无法戴入义齿，影响进食。口腔检查发现：基托边缘过长、过锐或系带缓冲不够，相对应处黏膜发红或出现溃疡；牙槽嵴部骨尖及骨突处、上颌结节或上颌隆突颊侧、有组织倒凹区域等出现黏膜发炎、破溃。义齿不稳定、咬合有早接触等也会引起黏膜破溃疼痛。

第二节 病例分析

一、龋病

(一)浅龋

【病历摘要】

患者,女,21岁。

主诉:左上前牙有黑点2个月余。

现病史:2个月前刷牙时发现上前牙两牙间有黑点,但无任何不适。

口腔检查:视诊见 |2 近中面有褐色斑块,探针探查探到粗糙面,但无龋洞,X线可见牙面表浅处有透射影像。

【考试要点】

1. 诊断 |2 近中邻面浅龋。

2. 诊断依据 牙冠部的浅龋可分为点隙裂沟龋和光滑面龋,病变局限于牙釉质内。前者视诊病损为不太透明的白垩色斑,探针探查可勾住探针;后者多为白垩色点或斑,探针探查牙面粗糙。牙颈部的浅龋可以直接在没有牙骨质或釉质的根面发生,影响牙本质而产生中龋的症状。所有浅龋的X线片均显示出透射的影像。

3. 鉴别诊断

(1)釉质钙化不全:表面光滑,不粗糙,可发生于牙面的任何部位,质地硬。

(2)牙釉质发育不全:轻者牙釉质表面出现深浅不一、大小不等的窝或沟,常对称发生。探查时质地硬而光滑,往往累及整个牙冠或牙尖周围。

(3)沟窝点隙:探针尖可插入,但色素可去除。

(4)氟斑牙:白垩色斑呈对称分布,质地较硬,累及整个牙冠。

4. 治疗原则(治疗设计)

(1)有短期保留价值的牙:如1年内要更换的乳牙,先磨去病变组织,然后药物处理。如75%氟化钠甘油糊剂等。

(2)有长期保留价值的牙:如恒牙须采用充填法。前牙:先去除龋坏组织,隔湿消毒后复合树脂或玻璃离子充填。后牙:先去除龋坏组织,隔湿消毒后复合树脂或银汞充填。

【简答题】

简述龋病的病因。

答:龋病的病因包括4个,细菌因素、宿主因素、食物(糖)因素和时间因素。

(二)中龋

【病历摘要】

患者,男,35岁。

主诉:右上后牙进食后酸痛1个月余。

现病史：1个月前进食甜、酸、过冷或过热饮食时，右上后牙出现酸痛，停止进食酸痛即刻消失，无自发痛。

口腔检查： 6| 拾面中央窝可见一龋洞，探针探查洞底有酸痛感，停止探诊酸痛即刻消失，未探及穿髓孔。 6| X线片示：龋洞透射影像底部距牙髓腔较远。

【考试要点】

1. 诊断　 6| 拾面中龋。

2. 诊断依据

(1)龋坏部位为黑色或深褐色。

(2)探诊有明显的龋洞存在，洞内有软化牙本质和食物残渣。

(3)探诊和冷热刺激有酸痛出现，刺激去除后疼痛即刻消失。

(4)X线片示有透射影像存在。

3. 治疗原则（治疗设计）　中龋必须用充填法进行治疗。其方法为去净龋坏牙体组织，根据龋坏的部位、大小备洞，保证有良好的固位形和抗力形，隔湿消毒，垫底，充填。

【简答题】

龋病治疗原则是什么？

答：去净龋坏牙体组织，终止病变的发展，恢复牙齿的外形和功能，注意保护牙髓。

（三）深龋

【病历摘要】

患者，男，45岁。

主诉：左上后牙进食时疼痛明显1周。

现病史：近1周来左上后牙疼痛，进食时更明显，无自发痛。

既往史：近2个月来左上后牙刷牙、进食、饮冷热水时酸痛。其他无异常。

口腔检查： |5 近中邻面牙体变色，探诊有深龋洞，探诊洞底酸痛明显，刺激消除疼痛消失，未探及穿髓孔。 |5 X线片示龋洞透射影像未达髓腔。

【考试要点】

1. 诊断　 |5 近中邻面深龋。

2. 诊断依据

(1)龋洞较深，进食时因食物碎屑落入洞内引起的疼痛明显增强，但无自发痛。

(2)洞底牙本质较薄，遇冷、热和化学刺激疼痛明显强于中龋，刺激去除疼痛消失。

(3)龋坏去除干净后无穿髓孔或探痛点。

(4)牙髓活力测试数值与正常牙比较无明显改变。

(5)X线片示龋洞透射影像未达髓腔，根尖周无病变。

3. 鉴别诊断

(1)中龋：疼痛较轻，龋洞透射影像底部距牙髓腔较远。

(2)不可复性牙髓炎：有自发剧痛、放射痛，温度刺激可使疼痛加剧，且刺激去除后疼痛仍持续较长时间，探诊可探及穿髓点，X线片示龋洞透射影像底部已与牙髓腔相通。

4. 治疗原则（治疗设计）　深龋治疗应特别注意判断清楚牙髓状态，既要去除干净龋坏牙体组织，又要保证不伤害牙髓。具体方法有两种：

(1)立即充填法:去除干净龋坏牙体组织,隔湿消毒,双层垫底,银汞充填。

(2)延期充填法:去除干净龋坏牙体组织,隔湿消毒,置入药物(如丁香油球等),暂时性充填材料盖上,观察7~10天,如不发生疼痛,牙髓活力测定正常,再改为永久充填。

【简答题】

龋洞洞形一般分为几类?

答:共分5类:Ⅰ类为单面洞;Ⅱ类为后牙邻面洞;Ⅲ类为前牙邻面洞;Ⅳ类为切牙与尖牙累及切角的邻面洞;Ⅴ类为所有牙的唇、舌和颊面的牙颈部1/3的洞。

(四)猖獗龋(猛性龋)

【病历摘要】

患者,女,65岁。

主诉:全口多个牙有洞2个月求补。

现病史:近2个月口腔内多个牙有洞,刷牙、进食、饮冷热水时酸痛。

既往史:半年前曾因"鼻咽癌"做过颌面颈部放射治疗。

口腔检查:全口牙齿牙颈部广泛环状浅到中龋,探诊酸痛,无自发痛。

【考试要点】

1. 诊断 全口牙齿牙颈部广泛猖獗龋。

2. 诊断依据 猖獗龋又称猛性龋,是急性龋中的一种类型。

(1)好发于有颌面颈部放射治疗史或患有舍格伦综合征的患者,表现为涎液(唾液)分泌减少。

(2)全口多数牙患有龋病。

3. 治疗原则(治疗设计)

(1)龋牙分期分批充填。

(2)定期复诊,以防继发龋发生。

【简答题】

什么叫静止龋?

答:龋病发展到某一阶段,由于病变的环境发生改变,原来隐蔽的部位变成开放了,原有的致病条件发生改变,龋病不再继续发展,但原来的损害仍保持原状,这种特殊的龋病叫静止龋。

二、牙 髓 炎

(一)可复性牙髓炎

【病历摘要】

患者,女,39岁。

主诉:左上后牙进冷热饮食时疼痛明显2周。

现病史:近2周来左上后牙进食冷热或酸甜饮食疼痛明显,无自发痛。

既往史:近2个月来左上后牙刷牙、进食、饮冷热水时酸痛。其他无异常。

口腔检查:6̲近中邻面探诊有深龋洞,探诊洞底酸痛明显,冷刺激疼痛更明显,刺激去除后疼痛持续数秒即消失,未探及穿髓孔,无叩痛。6̲ X线片示龋洞透射影像未达髓腔。

【考试要点】

1. 诊断 ⌐6 近中邻面深龋。

2. 诊断依据 同深龋。

3. 鉴别诊断

(1)深龋:多数情况下疼痛出现在冷热刺激进入龋洞时,无自发痛,温度或机械刺激去除疼痛即刻消失。

(2)不可复性牙髓炎:有自发剧痛、放射痛,温度刺激可使疼痛加剧,且刺激去除后疼痛仍持续较长时间,探诊可探及穿髓点,X线片示龋洞透射影像底部已与牙髓腔相通。

(3)牙本质过敏:主要是对机械刺激和化学刺激比对温度刺激更敏感。

4. 治疗原则(治疗设计) 去除干净龋坏牙体组织,隔湿消毒,置入药物(如丁香油球等),暂时性充填材料盖上,待无症状后,可于7~10天按治疗深龋的方法治疗。

【简答题】

牙髓病临床上分几类?

答:可复性牙髓炎;不可复性牙髓炎,包括急性牙髓炎、慢性牙髓炎(包括残髓炎)和逆行性牙髓炎;牙髓坏死;牙髓钙化(髓石和弥漫性钙化);牙内吸收。

(二)急性牙髓炎

【病历摘要】

患者,女,49岁。

主诉:右侧下颌牙剧烈疼痛4天。

现病史:4天前自觉右侧下颌牙自发性、阵发性剧烈疼痛,并放射到右侧颞部,遇冷热刺激疼痛加剧,夜间尤甚。昨天开始出现跳痛,不能睡眠。口服索米痛片(去痛片)0.5g,痛时服,但效果不明显。

既往史:2个月前右侧下颌牙遇冷热刺激疼痛,无自发痛。

口腔检查:颌面部无肿胀,张口无受限。⌐3 远中邻舌面龋坏,探诊有深龋洞,探痛明显,有穿髓点。叩诊微痛,牙龈不红肿,牙齿不松动,无牙周炎。热刺激疼痛加剧,且刺激去除后疼痛持续较长时间。

【考试要点】

1. 诊断 ⌐3 急性化脓性牙髓炎。

2. 诊断依据

(1)急性牙髓炎的临床特征是有间断的或持续的自发痛。

(2)疼痛特点

①自发性、阵发性剧烈疼痛,呈间歇性发作。

②无论是在疾病的发作期还是在缓解期,骤然的温度变化可诱发较长时间的疼痛,一般说早期对冷刺激敏感,晚期对热刺激敏感。

③疼痛夜间加重。

④疼痛可以是锐痛也可以是钝痛,一般都不能定位,常沿三叉神经分布区呈放射性或牵涉性疼痛。如为跳痛可怀疑为化脓期。

(3)电活力测试表现为牙髓敏感性增强。

(4)X线片检查:只用于帮助确定牙髓炎是由于龋病还是大的修复体引起。

3. 鉴别诊断

(1)深龋:无自发痛,温度或机械刺激去除后疼痛即刻消失。

(2)急性上颌窦炎:由于三叉神经第二支的上牙槽神经经上颌窦壁分支进入牙髓,故当上颌窦急性炎症时此分支被压迫,可产生牙髓炎样剧烈疼痛。

①温度试验上颌后牙敏感但不疼痛。

②无明显的牙体损害。

③有感冒史。

④持续的胀痛。

⑤上颌窦壁有压痛。

(3)三叉神经痛

①为电击样痛。

②疼痛时间短,很少夜间痛。

③有"扳机点",一般无冷热刺激痛。

(4)龈乳头炎

①牙龈乳头红肿,持续剧烈疼痛。

②温度试验牙敏感但不疼痛。

③有食物嵌塞。

(5)干槽症

①为拔牙创口感染。

②邻牙可有叩痛,温度试验牙敏感但不疼痛。

4. 治疗原则(治疗设计)

(1)应急处理:在局部麻醉下开放髓腔,减压引流,置浸有镇痛药的小棉球。

(2)常规治疗:保存具有正常生理功能的牙髓或牙齿。

①可复性牙髓炎或早期牙髓炎,特别是根尖孔尚未形成的年轻恒牙应尽可能保留活髓。可采用盖髓术、活髓切断术及根尖诱导成形术。

②晚期牙髓炎应以保留有功能的牙齿为原则,前牙采用拔髓术,后牙采用干髓术、塑化治疗或拔髓术。

【简答题】

何谓残髓炎?

答:凡经过牙髓治疗后,仍有残存的少量有活力的根髓,并发生炎症时叫做残髓炎。

(三)慢性牙髓炎

【病历摘要】

患者,男,55岁。

主诉:左侧上颌牙进食后剧烈疼痛1周。

现病史:近1个月来左侧上颌牙进食后疼痛明显,经刷牙或漱口后缓解,平时自觉隐痛。近1周进食后疼痛明显加剧,但可缓解。曾在本单位医务室检查,发现有"龋洞",但未处理。

口腔检查:⌐5 近中邻面深龋洞,探诊疼痛明显,去尽龋坏组织可见穿髓孔。叩诊疼痛

（十），牙龈无异常。

【考试要点】

1. 诊断　|5　慢性溃疡性牙髓炎。

2. 诊断依据

（1）一般无剧烈自发性疼痛，有时有不明显的阵发性隐痛、钝痛等。

（2）遇温度变化可产生疼痛，刺激去除后疼痛可持续较长时间。

（3）有深龋洞、牙体缺损或深牙周袋。

（4）慢性闭锁性牙髓炎诊断依据：表现为温度变化可引起疼痛，但探诊无穿髓孔，亦无明显的自发性疼痛。

（5）慢性溃疡性牙髓炎诊断依据：表现为当把龋坏牙体组织去净后可见穿髓孔，温度变化或嵌入食物后可产生剧烈疼痛，多无自发性疼痛，探诊疼痛出血。

（6）慢性增生性牙髓炎表现为有进食痛或进食出血，可见髓腔内有牙髓息肉，多无自发性疼痛，探诊出血。

3. 鉴别诊断

（1）深龋：无自发性疼痛，温度变化时有酸痛，但刺激去除后疼痛即刻消失。

（2）增生性牙龈息肉和牙周膜息肉：用探针拨动息肉的蒂观察蒂的位置，如为慢性增生性牙髓炎的牙髓息肉则蒂与髓腔内组织相连，而牙龈息肉的蒂与牙龈相连。

4. 治疗原则（治疗设计）

（1）治疗应以保留有功能的患牙为原则。

（2）前牙多采用拔髓术或根管治疗；后牙根管粗大者行根管治疗，过细或弯曲者则行干髓术或塑化治疗。

（3）残髓炎采用重新根管治疗方法；逆行性牙髓炎采用牙髓牙周联合治疗。

【简答题】

何谓逆行性牙髓炎？

答：逆行性牙髓炎是牙周病患牙在牙周组织破坏后，根尖孔或侧支根尖孔外露，感染由此进入牙髓，引起的牙髓炎症。

三、牙 髓 坏 死

【病历摘要】

患者，男，27岁。

主诉：上前牙牙冠变色半年。

现病史：半年前上前牙外伤后有冷热刺激痛，并逐渐消失。但牙冠渐变色，无明显疼痛，不影响进食。

口腔检查：1|1牙冠暗灰色，叩诊（一），牙体无明显龋坏，松动（一），冷热刺激（一）。电活力测定无反应。

【考试要点】

1. 诊断　1|1牙髓坏死。

2. 诊断依据

(1)有外伤、正畸或复合树脂充填史,但患牙多无自觉症状。

(2)牙冠可变为黄色或暗灰色,不透明。

(3)温度刺激或电活力测定无反应,但在多根牙时要注意可能只有1个牙根牙髓坏死,此时电活力测定不能反映真实情况。

(4)叩诊无不适或无异常,X线片示根尖无异常。

3. 鉴别诊断　慢性根尖周炎:叩诊有不适,有时根尖区牙龈有瘘管(有瘘型),X线片示根尖区有明显破坏影像。

4. 治疗原则(治疗设计)

(1)凡是恒牙,只要根尖已发育完成的均行根管治疗。

(2)根尖孔未形成者行根尖诱导术后再行根管治疗。

(3)根管弯曲或细小者采用干髓术或塑化治疗。

(4)牙冠变色处理:采用髓腔内脱色法,瓷牙贴面或烤瓷全冠修复。

【简答题】

牙髓坏死的临床特点是什么?

答:温度刺激或电活力测定无反应,牙体变色;有时多根牙仅1个牙根牙髓坏死,牙髓活力测试可有反应。

四、根尖周炎

(一)急性化脓性根尖周炎

【病历摘要】

患者,女,62岁。

主诉:左下后牙进食时明显疼痛1周,肿胀伴跳痛2天。

现病史:1周前左下后牙开始出现进食时明显疼痛,并有轻度浮起感,紧咬后可减轻疼痛。2天前疼痛明显加剧,牙齿不能咬合,肿胀感明显,并伴有剧烈跳痛,疼痛局限在左下最后2颗牙上。

既往史:半年来左下后牙隐痛,进食时有不适感。

口腔检查:$\overline{6}$ 远中邻面深龋,探诊(−),叩诊(＋＋＋),颊部黏膜潮红,有压痛,但无明显肿胀,左颌下淋巴结肿大,有压痛。温度刺激和电活力测定无反应。X线片示根尖有边界不清的透射影像。

【考试要点】

1. 诊断　$\overline{6}$ 急性化脓性根尖周炎。

2. 诊断依据

(1)患牙有龋洞、深牙周袋或隐裂等。

(2)自发性、持续性跳痛,疼痛范围局限,不放散到邻牙或对颌牙,患者能明确指出患牙。

(3)牙齿松动及浮起感明显。

(4)咬合及叩诊时引起剧痛。

(5)颊侧根尖区黏膜潮红,肿胀。

(6)颌下区淋巴结肿大。

(7)X线片示根尖区有边界不清的透射影像。

(8)急性化脓性根尖周炎根据炎症的发展可分为3个阶段,各阶段有其特有的临床特点。

①根尖周脓肿诊断依据:自发性、持续性跳痛,咬合及叩诊时引起剧痛,牙齿松动及浮起感明显,颊侧根尖区黏膜稍红,但不肿胀,局部淋巴结肿痛。

②骨膜下脓肿诊断依据:因骨膜致密,张力大,疼痛剧烈程度最高,牙龈肿胀明显,前庭沟变浅,晚期可触及深部波动感,牙齿松动,触痛,叩诊疼痛,全身症状明显如头痛、发热,局部淋巴结肿痛更明显,患牙附近组织可发生肿胀。

③黏膜下脓肿诊断依据:局部肿胀明显,但疼痛感和局部触痛较轻,局部波动感明显,黏膜可自动破溃,脓液排出,转为慢性炎症。

3. 鉴别诊断

(1)急性牙髓炎:疼痛放散,不能定位,温度和电活力测试表现为牙髓敏感性增强,探痛明显,X线片示根尖区无异常。

(2)牙周脓肿:多无明显的牙体病变,有深牙周袋,脓肿多靠近龈缘区,电活力测试可有反应,X线片示牙槽骨吸收以牙槽嵴处多于根尖区。

4. 治疗原则(治疗设计)　原则是控制炎症和止痛,消除病灶,保留患牙。

(1)开放髓腔,畅通根管,使脓液得以引流。

(2)有波动感时,在开放髓腔的同时,行脓肿切开引流。

(3)在局部治疗的同时,辅以全身抗感染治疗。

(4)急性炎症缓解后,行根管治疗。

(5)根尖瘘管不愈者可行根尖切除术。

(6)如牙体缺损过大无法保留时,可拔除。

【简答题】

简述急性根尖周脓肿排脓途径。

答:急性根尖周脓肿排脓途径有3个:①自根尖周脓肿发展为骨膜下脓肿,然后发展为黏膜下脓肿,黏膜可自动破溃,脓液排出;②脓液自根管经龋洞排出;③脓液自牙周膜由龈沟或牙周袋中排出。

(二)慢性根尖周肉芽肿

【病历摘要】

患者,女,43岁。

主诉:左上后牙有蛀牙1个月余求补。

现病史:左上后牙近1个月发现牙齿颜色改变,食物嵌塞,有蛀牙。

既往史:左上后牙咀嚼不适半年余。

口腔检查:|5 近中邻面深龋,已穿通髓腔,探诊(一),叩诊略有不适,牙冠变色。温度刺激和电活力测定无反应,X线片示根尖有圆形边界清晰的透射影像。

【考试要点】

1. 诊断　|5 慢性根尖周肉芽肿。

2. 诊断依据

(1)一般无自觉症状,可有长期的咀嚼不适,可有自发痛史。

(2)牙冠变为暗灰色,叩诊时可有不适感觉。

(3)患牙有龋洞或其他牙体硬组织疾患,且牙髓已坏死。

(4)温度刺激或电活力测定无反应。

(5)X线片示根尖区有圆形或椭圆形边界清晰的透射影像,周围骨质正常或稍致密,一般直径在1mm以内。

3. 鉴别诊断

(1)慢性根尖周脓肿:有瘘型可见瘘管,根管内可有脓性渗出,X线片示根尖区有形状不规则、边界不清的透射影像,透射区周边骨质疏松呈云雾状。

(2)慢性根尖周囊肿:较小的根尖周囊肿与根尖周肉芽肿区别较难,如果根管内发现清亮的液体,镜下见到胆固醇结晶时则可确诊。大的囊肿在根尖区可见圆形或椭圆形边界清晰的透射影像,周围骨质致密呈清楚的阻射白线。

(3)成釉细胞瘤:常使颌骨膨隆,导致面部畸形。且成釉细胞瘤与感染无关,多为多囊性,可抽出酱油样液体。X线片示透射区内有分格的白线(边缘有切迹)。

(4)颌骨囊肿:颌骨囊肿为非牙源性囊肿,牙体大多正常,牙髓活力正常,囊肿长大时可引起颌骨肿胀,扪之有乒乓感,穿刺可抽出囊液。X线片示囊肿与根尖部牙周间隙的影像无联系,但可挤压牙根使其移位、吸收。

(5)颌骨正常骨孔:如切牙孔、颏孔等,与邻牙无关系。

4. 治疗原则(治疗设计)

(1)确诊为根尖周肉芽肿的患牙应做根管治疗。

(2)根管过细或弯曲者可试做塑化治疗。

(3)根管不通或根尖阴影过大患牙且经长时间根管封药后阴影仍不消退者可行根尖搔刮术、根尖切除术等。

(4)牙冠变色患牙在根管治疗完成后可行美容修复。

【简答题】

简述根尖周肉芽肿形成原理。

答:由于根管内的感染和病原刺激物的作用,使得根尖部的牙周膜发生慢性炎症反应,正常结构被破坏,形成炎症肉芽组织,肉芽组织的周围分化出破骨细胞,使周围牙槽骨吸收。

(三)根尖周囊肿

【病历摘要】

患者,女,35岁。

主诉:上前牙肿胀不适3个月余。

现病史:近3个月开始自觉唇部出现肿胀感,且逐渐增加,咬合不适明显,服用抗生素(药名不详)后症状无明显改善。

既往史:1年前上前牙曾有剧烈疼痛,唇部肿胀,经服用抗生素(药名不详)后症状缓解,但常有咀嚼不适感。

口腔检查:⎣1 牙冠变色,叩诊略感不适,近中邻腭面有较大充填物,松动Ⅰ度,唇侧根尖区黏膜稍肿胀,无触痛,温度刺激和电活力测定无反应,X线片示根尖有圆形边界清晰的透射影像,周围为清楚的阻射白线。

【考试要点】

1. 诊断 |1 根尖周囊肿。

2. 诊断依据

(1)一般无明显症状,可有咬合不适感,可有外伤或急性炎症发作史。

(2)牙冠多变为黄色或深灰色,无光泽。

(3)囊肿较大时可见根尖区黏膜半球形隆起,过大时可扪及乒乓球感。

(4)X线片示根尖有圆形或椭圆形边界清晰的透射影像,外包以阻射白线。

(5)治疗中可见根管内有淡黄色清亮的囊液流出,镜下可见到胆固醇结晶。

3. 鉴别诊断 参见"第1章病史采集与病例分析第二节病例分析四、根尖周炎(二)慢性根尖周肉芽肿"。

4. 治疗原则(治疗设计)

(1)小的根尖周囊肿患牙应做根管治疗。

(2)较大的根尖周囊肿如根管治疗效果不佳时,可行根尖搔刮术、根尖切除术等。

(3)过大的根尖周囊肿则应行根尖囊肿摘除术,同时拔除患牙。

【简答题】

简述根尖周囊肿形成原理。

答:可由慢性根尖周肉芽肿或慢性根尖脓肿发展而来。慢性根尖周肉芽肿内上皮增生营养不够引起坏死,液化吸收组织液后形成囊肿,囊肿液黄褐色,含胆固醇结晶。

五、牙本质过敏

【病历摘要】

患者,女,34岁。

主诉:刷牙及进食硬物时酸痛明显2周。

现病史:2个月来两侧后牙刷牙和进食冷热酸甜食物时酸痛,并迅速消失。近2周疼痛明显增强,影响进食。

口腔检查: 76|67 验面磨耗(++),颊侧有楔状缺损,探诊和冷刺激均出现明显酸痛,刺激去除症状消失。口腔内牙齿未见龋病损害。

【考试要点】

1. 诊断 76|67 牙本质过敏症(验面磨损,颊侧有楔状缺损)。

2. 诊断依据

(1)有刷牙及进食硬物时酸痛明显的主诉。

(2)有引起牙本质过敏症的验面磨损和颊侧楔状缺损病因存在。

(3)出现探诊和冷刺激引起酸痛,刺激去除后症状消失。

3. 鉴别诊断

(1)深龋:有深龋洞,食物进入龋洞后疼痛更明显。

(2)可复性牙髓炎:多因龋病引起。

4. 治疗原则(治疗设计) 通过以下方法封闭牙本质小管,减少牙本质内的液体流动。

（1）脱敏治疗：包括氟化物脱敏如 75％氟化钠甘油、0.76％单氟磷酸钠凝胶等，75％氯化锶甘油，树脂类脱敏剂，激光脱敏等。

（2）反复脱敏无效的可采用充填术或全冠修复。

（3）特别严重者在征得患者同意时，进行牙髓病治疗。

【简答题】

牙本质过敏症的病因是什么？

答：凡能够使釉质破坏牙本质暴露的牙体疾病均可出现牙本质过敏症，如龋病、楔状缺损、磨耗、牙体缺损、牙根暴露等。

六、慢 性 龈 炎

（一）慢性龈缘炎

【病历摘要】

患者，男，58 岁。

主诉：刷牙时牙龈出血 2～3 年。

现病史：2～3 年来刷牙时牙龈出血，有时咬硬物时出血，近 1 个月早晨起床时涎液中带血，无咬合不适或牙松动。

口腔检查：牙石指数（＋～＋＋），大量牙菌斑堆积，全口牙龈缘中度充血，探诊出血明显，有龈袋，但无附着水平丧失，无牙周袋，牙齿无松动，咬合关系未见异常。X 线片示全口牙槽骨无明显吸收。

【考试要点】

1. 诊断　慢性龈缘炎。

2. 诊断依据

（1）牙龈受到刺激后易出血，如刷牙、咬硬物时，少数有自发性出血。

（2）牙龈缘红肿，点彩消失，组织松软，边缘增厚，龈乳头圆钝。

（3）牙龈局部口腔卫生差，可见大量牙石、牙菌斑堆积，也可见于不良修复体或牙列不齐。

（4）牙龈有时可溢脓或脓肿形成。

（5）探诊牙龈出血明显，可有龈袋，但无附着水平丧失和牙周袋，牙齿无松动。

（6）X 线片示全口牙槽骨无明显吸收。

3. 鉴别诊断

（1）成人慢性牙周炎：有牙龈炎的临床表现，但有附着水平丧失和牙周袋形成，牙齿松动，X 线片示牙槽骨明显吸收。

（2）血液疾病（如白血病、血小板减少性紫癜、血友病等）：可表现牙龈出血红肿，但一般无疼痛，血象检查有异常。

（3）妊娠性龈炎：患者为妊娠期妇女，全口牙龈牙间乳头红肿，有自发性出血。

（4）坏死性龈炎：龈乳头顶及牙龈缘出现坏死性溃疡，溃疡表面被覆灰黄色"假膜"，牙龈出血，疼痛明显，有特殊腐败臭味。

4. 治疗原则（治疗设计）

（1）消除局部刺激因子：去除牙石、牙菌斑及一切可造成菌斑滞留的因素如不良修复体、牙畸形、食物嵌塞等。

(2)局部辅以药物治疗:3％过氧化氢溶液冲洗龈沟,甲硝唑黏附片牙龈局部贴敷等。

(3)建立良好的口腔卫生习惯,定期进行口腔专科卫生保健。

【简答题】

牙周组织由哪几种组织构成?

答:广义的牙周组织由牙龈、牙周膜、牙槽骨及牙骨质构成。

(二)增生性龈炎

【病历摘要】

患者,男,23岁。

主诉:上下前牙牙龈肿胀、刷牙出血2个月。

现病史:1年来刷牙出血,牙龈发红,无咬合不适或牙松动。近2个月发现上下前牙牙龈肿胀,伴有口臭和胀痒感。

口腔检查:上下前牙唇侧牙龈暗红色,松软光亮,探诊出血明显;龈缘肥厚,龈乳头球状增生,有龈袋,但无附着水平丧失,无牙周袋,牙齿无松动,咬合关系未见异常;牙石指数(＋＋＋),大量牙菌斑堆积。X线片示全口牙槽骨无明显吸收。

【考试要点】

1. 诊断　增生性龈炎。

2. 诊断依据

(1)本病好发于青少年。

(2)患者有长期的牙龈出血、口臭、肿胀感等表现。

(3)有大量的牙菌斑和牙石堆积。

(4)上、下颌前牙唇侧牙龈色深红或暗红,龈缘肥厚,龈乳头球状增生,龈沟深度增加,形成龈袋(假性牙周袋)。

(5)X线片示全口牙槽骨无吸收。

3. 鉴别诊断

(1)药物性牙龈增生:有长期服药史,牙龈增生广泛,程度严重。

(2)牙龈纤维瘤病:为家族性或特发性累及全口龈缘、龈乳头及附着龈的牙龈增生性疾病,无服药史。

(3)浆细胞性龈炎:牙龈松软、脆弱,极易出血。病理检查为肉芽肿表现。

(4)白血病引起的牙龈肥大:进行血液学检查可确定诊断。

4. 治疗原则(治疗设计)

(1)通过洁治术消除一切局部刺激因素;进行口腔卫生宣教,保持良好的口腔卫生;局部辅以药物治疗如3％过氧化氢液冲洗龈沟等。

(2)口呼吸患者应针对病因进行治疗。

(3)如增生的牙龈经局部治疗后未消退,影响美观者,可行牙龈成形术。

(4)定期进行复查和预防性洁治等口腔专科卫生保健措施,预防复发。

【简答题】

增生性龈炎的病因是什么?

答:牙菌斑是本病的直接病因,牙石、食物嵌塞等为诱发因素;鼻部疾病引起的通气不畅、上颌牙前突、上唇过短等引起的口呼吸和部分错殆畸形等也是本病的诱发因素。

（三）坏死性龈炎

【病历摘要】

患者，男，44岁。

主诉：牙龈疼痛出血，口腔异味4天。

现病史：4天前牙龈出血明显，早晨起床时可见枕边有血性涎液沉积，口腔恶臭味，牙龈疼痛明显。

既往史：半年来牙龈刷牙时出血，口腔异味。近半个月有严重腹泻史。

口腔检查：全口多数龈乳头顶及龈缘出现坏死性溃疡，牙龈充血水肿，出血明显，溃疡表面被覆灰黄色"假膜"，口腔内有特殊腐败臭味。

【考试要点】

1. 诊断　坏死性龈炎。

2. 诊断依据

（1）多见于身体衰弱的青少年。

（2）口腔卫生情况差，可见大量牙石、牙菌斑及软垢沉积，涎液分泌增加。

（3）龈乳头顶及龈缘出现坏死性溃疡，中央凹陷成火山口状，溃疡表面被覆灰黄色"假膜"，易被擦去，擦去后可见流血的创面。

（4）牙龈疼痛明显，口腔内有特殊腐败臭味。

（5）仅累及龈缘，很少累及附着龈。

（6）颌下区淋巴结肿大，压痛，常伴有全身症状如头痛、发热、寒战等，白细胞计数增加。

（7）坏死区细菌涂片可见大量螺旋体和梭状杆菌。

（8）严重患者可形成牙槽骨坏死，牙齿脱落，组织缺损，愈合后形成畸形。

3. 鉴别诊断

（1）慢性龈缘炎：参见"第1章病史采集与病例分析第二节病例分析六、慢性龈炎（一）慢性龈缘炎"。

（2）慢性牙周炎：牙周袋形成，牙槽骨吸收，牙松动，无牙龈坏死。

（3）疱疹性龈口炎：多见于婴幼儿，多有"感冒"病史，可伴高热。牙龈红肿不仅仅限于龈缘和龈乳头，以小疱和破溃后形成的溃疡为典型病变，溃疡面可有纤维素性渗出膜，但不易除去，龈缘和龈乳头无坏死。

（4）急性白血病：常以急性坏死性龈炎来就诊，血象检查可见白细胞计数异常增高，幼稚白细胞出现。

（5）全身免疫功能低下者：如获得性免疫缺陷综合征患者，有独特的症状，血液抗体检查可确诊。

4. 治疗原则（治疗设计）

（1）急性期第一次就诊：进行局部初步的洁治和口腔卫生宣教，去除坏死组织；3%过氧化氢溶液冲洗；全身辅以药物治疗，如口服甲硝唑，同时给予高蛋白和维生素C、维生素B等支持疗法。

（2）急性期也应积极治疗和控制与本病有关的系统疾病。

（3）慢性期：去除局部刺激因素，包括牙龈龈上洁治术和龈下刮治术。

(4)炎症控制后,可采用牙龈成形术或骨成形术,矫正牙龈外形。

(5)治疗中及治疗后须对患者进行口腔卫生指导,使其建立良好的口腔卫生习惯。

(6)因坏死性龈炎有传染性,应将患者的生活用具严格消毒并单独使用。

【简答题】

慢性坏死性龈炎的临床表现有哪些?

答:反复的牙龈疼痛和出血史,典型的龈乳头消失,牙龈呈反波浪形,牙龈可从牙面翻起,口腔异味明显。

七、药物性牙龈增生

【病历摘要】

患者,男,58岁。

主诉:牙龈肿胀出血、上前牙松动移位3个月。

现病史:1年来牙龈刷牙时出血,有时咬硬物时出血,近3个月牙龈开始肿胀,并越来越明显,上前牙出现松动移位。全身情况:有高血压病史10年,口服硝苯地平6年。

口腔检查:全口多数牙牙龈增生显淡粉红色,质地坚韧,略有弹性,牙龈乳头呈球状、结节状增生,表面显分叶状、桑葚状,覆盖部分牙面达牙冠的1/3~1/2。 21│12 唇侧移位,松动(＋)。牙石指数(＋~＋＋),有牙菌斑堆积。

【考试要点】

1. 诊断 药物性牙龈增生。

2. 诊断依据

(1)有长期口服硝苯地平病史。

(2)全口多数牙牙龈增生,牙龈乳头呈球状、结节状增生,表面显分叶状、桑葚状,覆盖部分牙面达牙冠的1/3~1/2,上前牙松动移位。

3. 鉴别诊断

(1)增生性龈炎:炎症较明显,增生程度较轻,一般不会超过牙冠的1/3。无长期服药病史。

(2)遗传性牙龈纤维瘤病:无长期服药病史,但可有家族史,牙龈增生广泛,程度严重,甚至覆盖整个牙冠。

4. 治疗原则(治疗设计)

(1)停止使用引起牙龈增生的药物是根治此病的关键。如病情不允许停药,则应尽量换药。

(2)去除局部刺激因素方法和局部抗感染用药同慢性龈缘炎。

(3)如增生的牙龈经局部治疗后未消退,影响美观者,可行牙龈成形术。

(4)指导患者进行有效的牙菌斑控制措施。

【简答题】

易引起药物性牙龈增生的药物有哪些?

答:除长期服用抗癫痫药苯妥英钠(大仑丁)外,长期服用免疫抑制剂环孢素和钙通道阻滞药如硝苯地平、维拉帕米等后也会引起药物性牙龈增生,其中环孢素的发生率为30%~50%。

八、慢性牙周炎

【病历摘要】

患者,男,53岁。

主诉:刷牙时牙龈出血7~8年。

现病史:8年来牙龈刷牙时出血,有时咬硬物时出血,自觉牙床肿胀,有时感觉咀嚼无力,近2~3年感觉牙齿松动。

全身情况:良好,无血液病、糖尿病等系统疾病史。

口腔检查:全口牙石指数(＋),菌斑指数(＋~＋＋),牙龈红肿,触诊易出血,前牙牙周袋袋深5~6mm,后牙袋深4~7mm,以邻面为重,附着水平丧失3~5mm,上下前牙松动Ⅰ度,咬合关系未见异常。X线片示全口牙槽骨水平吸收,吸收程度达根长的1/3~2/3,骨嵴顶区密度减低,且白线消失。

【考试要点】

1. **诊断**　成人慢性牙周炎。

2. **诊断依据**

(1)发病年龄一般在30~40岁。

(2)全口普遍牙龈有炎症,牙龈红肿,触诊易出血,口腔卫生情况差,可见牙石、牙菌斑及软垢沉积。

(3)牙周袋形成,附着水平丧失,可伴有溢脓。

(4)X线片示牙槽骨普遍吸收,牙松动、移位、伸长。

(5)疾病进展缓慢,可达数十年。

3. **鉴别诊断**

(1)慢性龈缘炎:有龈袋,但无牙周袋形成、附着水平丧失及牙槽骨吸收,牙不松动。

(2)牙周脓肿与根尖周脓肿:牙周脓肿位置近龈缘,范围较局限,有牙周袋形成,X线片示牙槽骨吸收表现为骨嵴顶区有破坏或骨下袋形成,牙松动,牙髓活力测定有反应。根尖周脓肿则有牙体病,牙髓活力测定无反应,无牙周袋形成,脓肿近根尖区范围较弥散,叩痛明显,X线片示根尖区有骨质破坏。

(3)急性牙周膜炎:多为单个牙创伤引起,为急性过程。

4. **治疗原则(治疗设计)**

(1)口腔卫生宣教。

(2)局部治疗

①去除局部刺激因素,包括牙龈龈上洁治术和龈下刮治术。

②手术消除牙周袋:牙周袋超过5mm时,可行牙周手术治疗。

③有咬合创伤时可调𬌗。

④定期复查,进行维护治疗。

(3)全身治疗

①有急性炎症时,全身应用抗生素和局部药物治疗联合使用。

②中医辨证施治。

③积极治疗和控制与本病有关的系统疾病,如糖尿病等。

【简答题】

牙周炎病理改变是什么?

答:牙周炎病理改变是牙周袋形成和牙槽骨吸收。

九、牙周脓肿

【病历摘要】

患者,女,55 岁。

主诉:右下后牙颊侧牙龈肿胀、疼痛、无法咬合 3 天。

现病史:1 年来进食和刷牙时牙龈出血,两侧后牙咀嚼无力。近 1 个月来右下后牙松动明显,咬合时有轻度疼痛。近 2 天右侧后牙有明显浮起感,颊侧牙龈肿胀,疼痛明显,有时有搏动性疼痛,无法进食。

口腔检查:右下第一、第二磨牙颊侧牙龈显球状肿胀,有轻度波动感;牙周袋 6~7mm,松动Ⅲ度,叩诊(+++);X 线片示:右下第一、第二磨牙牙槽骨吸收达根长的 2/3。

【考试要点】

1. 诊断 右下第一、第二磨牙牙周脓肿。

2. 诊断依据

(1)起病急,疼痛剧烈,有搏动性疼痛,患牙有明显的"浮起感"。

(2)患牙有深牙周袋(6~7mm),松动Ⅲ度,叩诊(+++)。

(3)颊侧牙龈显球状肿胀,有轻度波动感。

(4)X 线片示:右下第一、第二磨牙牙槽骨吸收达根长的 2/3。

3. 鉴别诊断

(1)根尖周脓肿:牙周脓肿位置近龈缘,范围较局限,有牙周袋形成,X 线片示牙槽骨吸收表现为骨嵴顶区有破坏或骨下袋形成,牙松动,牙髓活力测定有反应。根尖周脓肿则有牙体病,牙髓活力测定无反应,无牙周袋形成,脓肿近根尖区范围较弥散,叩痛明显,X 线片示根尖区有骨质破坏。

(2)牙龈脓肿:牙龈脓肿仅限于龈乳头和龈缘,有龈袋,但无牙周袋形成、附着水平丧失及牙槽骨吸收,牙不松动。

4. 治疗原则(治疗设计)

(1)急性牙周脓肿的治疗

①原则是止痛、控制感染以防止扩散、促进脓液引流。

②脓液尚未形成时,以仔细、轻巧的手法清除大块结石,冲洗牙周袋,根据需要可以全身给予抗生素或支持疗法。

③脓液形成出现波动后,切开引流,并冲洗脓腔;患者自行用 0.12%~0.2%氯己定液含漱。

④调磨对颌牙齿,缓解咬合疼痛。

⑤急性期缓解后患牙进行牙周系统治疗。

(2)慢性牙周脓肿的治疗:在洁治的基础上直接进行牙周手术。

①牙挫伤:患牙可有伸长、轻微松动及咬合痛,牙龈缘可有少量出血,叩诊疼痛,重度挫伤可引起牙髓坏死而牙体变色。

②牙脱位:患牙发生唇、舌等方向移位;可从牙槽窝内部分脱出,伸长,松动,X线片示牙周间隙增宽;也可整体脱出牙槽窝或仅有软组织相连。有时患牙嵌入牙槽窝内,牙低于咬合平面,X线片示牙周间隙变窄或消失。可伴有小部分牙槽骨骨折、牙龈撕裂、出血等。

③牙折:根据折线的部位可分为以下3种牙折。

冠折:如为釉质不完全折断,可见牙冠唇颊侧牙釉质上有垂直、水平或分支状线条,牙齿出现过敏症状;如为牙釉质折断有缺损可诊断为冠折,缺损达牙本质而牙髓未外露时,出现过敏症状;缺损大,牙髓外露,则有牙髓症状,影响进食。

根折:表现为牙齿松动,叩诊疼痛,龈沟出血,应用触诊法可确定根折的部位。X线片出现根折线则为确诊指标。

冠根联合折:根折线可以是垂直的,但多为斜行,牙冠可有移位、松动及咬合痛,X线片出现根折线可确诊。

3. 治疗原则(治疗设计)

(1)牙挫伤:保证患牙休息,必要时可调𬌗,以减轻患牙负担;松动牙固定;定期复诊。

(2)牙脱位:应尽快在麻醉下复位,固定1~2个月;完全脱位时,应尽早做牙再植术(最好在脱位后半小时内进行);有牙龈损伤者应行牙龈对症处理,定期复诊。

(3)牙折:釉质不完全折断一般可不做处理,缺损少的可磨除锐利边缘并用脱敏剂脱敏;牙冠折断牙髓外露者,行牙髓治疗,牙体修复;根折与口腔相通者行根管治疗,牙体修复,纵行根折者往往拔除;不与口腔相通者可复位固定,观察,视牙髓变化情况做根管治疗或拔除。

【简答题】

试述对完全脱位或已离体的牙的处理方法。

答:对完全脱位或已离体的牙齿,应争取在伤后6小时内,洗净并经抗生素浸泡0.5小时后,进行体外根管治疗并切除部分根尖,再植入原牙槽窝内,结扎固定4周左右,可保留患牙。

十五、干 槽 症

【病历摘要】

患者,男,29岁。

主诉:右下后牙拔除4天后出现剧烈疼痛2天。

现病史:6天前行右下阻生智齿拔除术,术后第4天右下后牙拔牙区出现持续疼痛,并逐渐加重,向耳颞部放射。

口腔检查:右下第三磨牙拔牙处牙槽窝内空虚,有腐败变性血凝块存在,有臭味;探诊牙槽窝可触及骨面并出现锐痛。

【考试要点】

1. 诊断 右下第三磨牙干槽症。

2. 诊断依据

(1)右下后牙拔除4天后出现剧烈疼痛2天。

(2)右下第三磨牙拔牙处牙槽窝内空虚,有腐败变性血凝块存在,有臭味。

（3）探诊牙槽窝可触及骨面并出现锐痛。

3. **治疗原则（治疗设计）**

（1）预防：可以预先在拔牙创内置入药物如甲硝唑、抗纤维蛋白溶解药物等加以预防。

（2）处理：在阻滞麻醉下行牙槽窝彻底清创术，然后将碘仿纱条填塞牙槽窝，以达到迅速止痛，促进肉芽组织生长。

【简答题】

干槽症的病因是什么？

答：主要病因是感染、创伤、解剖因素、纤维蛋白溶解及引起全身抵抗力下降的因素。

十六、智齿冠周炎

【病历摘要】

患者，男，20岁。

主诉：右下后牙肿痛、张口困难3天。

现病史：右下后牙近3天疼痛明显，张口困难，右下颌肿胀，口腔异味，头痛，发热。

既往史：半年来右下后牙反复肿痛，影响进食。

口腔检查：8│萌出不全，前倾阻生，有盲袋，远中龈瓣明显红肿，盲袋内有脓性分泌物及食物残渣，张口受限（张口度1cm），右侧下颌角区明显肿胀，右下颌下淋巴结肿大，触诊疼痛。

【考试要点】

1. **诊断** 8│急性智齿冠周炎（近中阻生）。

2. **诊断依据**

（1）早期：患者自感磨牙后区不适，有时轻微疼痛，无全身症状。

（2）炎症发展：出现明显跳痛，反射到耳颞神经分布区，当进食、吞咽、开口活动时疼痛加剧。

（3）当炎症波及咀嚼肌时，可出现张口受限。

（4）口腔卫生差，有口臭，有时可伴有头痛、发热、食欲减退等全身症状。

（5）患者智齿萌出不全，冠周牙龈明显红肿糜烂，探诊可探及低位阻生智齿。

（6）局部盲袋内有脓性分泌物及食物残渣，下颌下淋巴结肿大，触诊疼痛。

（7）张口受限，张口度减小，患侧面颊部肿胀。

（8）如感染顺磨牙后垫向相邻间隙扩散，可出现间隙感染的症状和体征。

（9）重症患者可见舌腭弓及咽侧壁红肿。

（10）急性炎症缓解后，可摄X线片了解阻生牙齿的阻生方向、牙根数、位置及周围牙槽骨情况。

3. **鉴别诊断**

（1）与邻牙的牙髓炎相鉴别。

（2）如冠周脓肿形成第一磨牙和第二磨牙颊侧牙龈瘘时，应与第一磨牙和第二磨牙根尖周脓肿相鉴别。X线片有助诊断。

（3）与食物嵌塞引起的牙龈炎相鉴别。

（4）应注意鉴别智齿冠周炎与磨牙后区的恶性肿瘤、扁桃体周围脓肿引起的疼痛和张口受限。

4. 治疗原则（治疗设计）

（1）急性期：对症处理，即消炎、止痛、建立引流；同时注意休息，进软食，保持口腔卫生；全身应用抗生素控制感染。

（2）慢性期：待急性炎症消退后，拔除阻生智齿或龈瓣盲袋切除。

【简答题】

口腔智齿阻生方向有哪几种？

答：口腔智齿阻生方向有近中阻生、垂直阻生、水平阻生、埋伏阻生及颊、舌方向阻生。

十七、颌面部间隙感染

（一）颊间隙感染

【病历摘要】

患者，男，30岁。

主诉：右上颌后牙出现反复肿痛1月余，右颊部肿胀5天。

现病史：半年前右上颌后牙出现进食时疼痛，1个月前开始出现反复肿痛，但未做治疗，5天前右颊部出现肿胀。

口腔检查： 6 残冠，叩诊（＋＋），松动Ⅰ度。X线片示：根尖有阴影。右颊部红肿，触痛明显，皮肤表面温度升高，有波动感。右侧颊部穿刺检查抽得脓液。

【考试要点】

1. 诊断　右侧颊间隙感染。

2. 诊断依据

（1）右颊部肿胀5天。

（2） 6 残冠，叩诊（＋＋），松动Ⅰ度。X线片示：根尖有阴影。

（3）右颊部红肿，触痛明显，皮肤表面温度升高，有波动感。

（4）穿刺检查抽得脓液。

3. 鉴别诊断

（1）根尖周脓肿：根尖周脓肿有牙体病，脓肿近根尖区范围较弥散，仅表现为牙龈或相应的前庭沟出现红肿及压痛，叩痛明显，X线片示根尖区有骨质破坏。

（2）恶性肿瘤继发感染：肿块为浸润性生长，生长快且无边界，质地较硬，边界不清。

4. 治疗原则（治疗设计）

（1）全身治疗主要是抗感染。

（2）颊部局限性脓肿在口内脓肿低位切开引流；广泛颊间隙感染从下颌骨下缘1～2cm切开排脓。

（二）翼下颌间隙感染

【病历摘要】

患者，男，20岁。

主诉：左下后牙肿痛7天，张口困难、咀嚼食物和吞咽时疼痛3天。

现病史:10天前左下后牙开始出现疼痛,3天前出现张口困难,影响进食,同时出现吞咽时疼痛。

口腔检查:左下第三磨牙萌出不全,前倾阻生,远中牙龈瓣红肿。张口受限(2cm),张口时下颌偏向患侧。面部无肿胀,左下颌支后缘内侧丰满有压痛。翼下颌皱襞处黏膜肿胀,压痛,肿胀处穿刺抽得脓液。

【考试要点】

1. 诊断　左侧翼下颌间隙感染。

2. 诊断依据

(1)3天前出现张口困难,影响进食,同时出现吞咽时疼痛。

(2)张口受限(2cm),张口时下颌偏向患侧。面部无肿胀,左下颌支后缘内侧丰满有压痛。

(3)翼下颌皱襞处黏膜肿胀,压痛。

(4)肿胀处穿刺抽得脓液。

3. 鉴别诊断

(1)左侧咬肌间隙感染:主要表现为下颌角区红、肿、热、痛;可见下颌角区或整个腮腺咬肌区肿胀,有严重的牙关紧闭。

(2)左侧颞下间隙感染:主要表现为颧弓上下区及下颌支后方微肿伴疼痛,张口受限。

4. 治疗原则(治疗设计)

(1)全身治疗:感染初期应全身应用足量抗生素,控制炎症发展。

(2)切开引流:口内切口为翼下颌皱襞外侧2cm处的纵切口,从下颌支内侧进入脓腔;口外切口为从下颌支后缘绕过下颌角,距下颌骨下缘2cm处切开,并分离至下颌支内侧。

(3)对范围广泛的脓肿可口内、口外一起引流。

【简答题】

颌面部间隙感染的途径有哪些?

答:牙源性、腺源性、损伤性、血源性和医源性。

十八、口腔颌面部创伤

(一)软组织损伤

【病历摘要】

患者,男,19岁。

主诉:上唇部跌伤5小时。

现病史:5小时前,因骑自行车不慎摔倒将唇部损伤,出血明显。无昏迷史,脉搏、血压、呼吸均正常。

口腔检查:右侧上唇有一个2cm长的皮肤黏膜穿通伤,咬合关系正常,上下颌牙齿、牙槽骨及颌骨无异常。X线片示:无骨折线影像。

【考试要点】

1. 诊断　右侧上唇穿通伤。

2. 诊断依据

(1)右侧上唇有一个2cm长的皮肤黏膜穿通伤。

(2)咬合关系正常,上下颌牙齿、牙槽骨及颌骨无异常。X线片示:无骨折线影像。

3. 鉴别诊断

(1)擦伤:皮肤表层破损,创面可有异物或少量出血;疼痛感明显;创面有血或组织液渗出。

(2)挫伤:皮下及深部组织有挤压损伤,无开放性伤口,局部皮肤变色、肿胀、疼痛,可形成瘀斑或血肿。

(3)刺、割伤:刺伤多为创口小伤道深的盲管伤,异物及细菌常被带到深部,切割伤创缘整齐,可损伤大血管、神经等。

(4)撕裂或撕脱伤:伤情重,出血多,疼痛剧烈,易发生休克,常有骨面裸露,可伴有组织缺损。撕脱组织有血管可吻合者行血管吻合组织再植术,如无吻合血管伤后6小时内做再植术,超过6小时则不能利用。

(5)咬伤:可造成组织撕裂、缺损、骨面裸露,污染严重。要预防狂犬病。

4. 治疗原则(治疗设计)

(1)舌损伤:有缺损时伤口应前后纵行方向进行缝合,如舌侧缘及牙龈或舌腹与口底黏膜均有伤口,一般应各自缝合,如伤口太大则应先缝舌的伤口。缝合应采用粗线、进针点距创缘要大,要深,最好加褥式缝合。

(2)颊部贯通伤:无或缺损少的可直接黏膜、肌肉、皮肤分层缝合。皮肤缺损大而黏膜无缺损或缺损少的要严密缝合口内黏膜创口,皮肤采用植皮手术关闭。较大的贯通缺损可直接皮肤和黏膜缝合,缺损待二期修复。

(3)腭损伤:硬腭软组织损伤直接缝合,有缺损的或与其他腔道相通的以转瓣术修复,软腭贯通伤按鼻腔黏膜、肌肉、口腔黏膜分层缝合,腭部大的贯通伤无法立即关闭者可用腭护板暂时关闭后再手术修复。

(4)腮腺或腮腺导管损伤:单纯腮腺损伤清创后腺体缝扎,分层缝合,加压包扎。导管损伤要立即做端端吻合。

【简答题】

何谓清创术?

答:是预防伤口感染和促进组织愈合的基本方法。过程包括用肥皂水、外用盐水、双氧水冲洗伤口;皮肤消毒铺巾后,进行创口的清理,原则是尽可能保留颌面部组织;只要伤口无明显化脓感染或组织坏死,均可在充分清创后严密缝合。先关闭与各个腔窦相通的伤口,裸露骨面要尽量覆盖软组织,要消灭无效腔。

(二)牙槽骨骨折

【病历摘要】

患者,女,20岁。

主诉:颌面部跌伤4小时。

现病史:4小时前,走路不慎跌入坑中,损伤面部。无昏迷史,脉搏、血压、呼吸均正常。

口腔检查:上唇有一个2cm长的穿通伤口,2＋2牙龈撕裂,轻摇之有骨块异常活动。下颌检查未见异常。后牙咬合关系正常,张口未受限。上颌咬𬌗片示2＋2根方牙槽骨有骨折线。

【考试要点】

1. 诊断　2＋2牙槽骨骨折。

2. 诊断依据

(1)颌面部跌伤 4 小时。

(2) 2┼2 牙龈撕裂,轻摇之有骨块异常活动。

(3)上颌咬殆片示: 2┼2 根方牙槽骨有骨折线。

3. 治疗原则(治疗设计)

(1)局部麻醉下将牙槽突和牙复位,以邻近健康牙作基牙进行骨折固定。

(2)牙槽骨骨折如伴有牙折或牙脱位者,也应及时处理。

【简答题】

牙损伤分几类?

答:牙损伤可分为牙挫伤、牙脱位、牙折三类。

(三)上颌骨骨折

【病历摘要】

患者,女,45 岁。

主诉:交通事故引起口腔颌面部损伤 4 小时。

现病史:4 小时前因交通事故造成颌面部损伤急诊入院。无昏迷现象。

口腔检查:

(1)左侧受伤区疼痛、肿胀,牙龈黏膜撕裂长 2cm,左侧鼻孔内有出血。

(2)患侧牙齿早接触,健侧开殆。摇动左侧上前牙可见上颌骨移动现象。

(3)左侧眼睑无肿胀、淤血,无脑脊液鼻漏。

(4)X 线片示:左侧上颌骨有骨折线影像,骨折线自梨状孔、牙槽突上方到上颌翼突缝。

【考试要点】

1. 诊断　上颌骨 Le Fort Ⅰ型骨折。

2. 诊断依据

(1)左侧上颌骨有骨折线影像,骨折线自梨状孔、牙槽突上方到上颌翼突缝。

(2)左侧受伤区疼痛、肿胀,牙龈黏膜撕裂长 2cm,左侧鼻孔内有出血。

(3)患侧牙齿早接触,健侧开殆。摇动左侧上前牙可见上颌骨移动现象。

(4)左侧眼睑无肿胀、淤血,无脑脊液鼻漏。

3. 鉴别诊断

(1)Le Fort Ⅱ型骨折自鼻额缝过鼻梁、眶内侧壁、眶底、颧上颌缝,沿上颌骨侧壁达翼突。有时可波及筛窦达颅前凹,出现脑脊液鼻漏,眶周淤血、眼睑及球结膜下出血等。

(2)Le Fort Ⅲ型骨折自鼻额缝过鼻梁、眶部经颧颌缝达翼突,出现颅面分离而使面中部拉长和凹陷。常伴有颅底骨折或颅脑损伤,出现耳、鼻出血或脑脊液漏。

4. 治疗原则(治疗设计)

(1)治疗时机:应尽早治疗,伴颅脑损伤时应先抢救生命。

(2)正确的骨折复位和稳定可靠的固位:复位方法包括手法复位,牵引复位(颌间牵引、颅颌牵引),手术切开复位(冠状切口入路、眼睑下切口入路、耳屏前切口入路、下颌下切口入路、局部小切口入路、口内前庭沟切口入路)。固定方法包括单颌固定(单颌牙弓夹板固定、金属丝骨间内固定),颌间固定(带钩牙弓夹板颌间固定、小环颌间结扎固定、正畸托槽颌间固定及其他固定方法),坚强内固定(加压板、皮质骨螺钉、小钛板和微型钛板、重建板、高分子可吸收接骨板)。

　　(3)功能与外形兼顾。

　　(4)合并的软组织伤常与骨折一并处理。

　　(5)骨折线上的牙要尽量保留。

　　(6)局部治疗与全身治疗相结合。

【简答题】

　　上颌骨骨折的主要临床表现是什么?

　　答:骨折线(包括 Le Fort Ⅰ、Ⅱ、Ⅲ 三种类型);骨折段移位;咬合关系错乱;眶及眶周变化。

(四)下颌骨骨折

【病历摘要】

　　患者,男,30 岁。

　　主诉:颌面部受打击伤 3 小时。

　　现病史:3 小时前颏部受打击,疼痛明显,无昏迷。

　　口腔检查:下颌颏部软组织红肿,口腔内外未见创口,咬合关系无异常。下颌 X 线正位片示下颌颏部正中有骨折线影像。

【考试要点】

　　1. 诊断　下颌正中联合部骨折。

　　2. 诊断依据

　　(1)3 小时前颏部受打击,疼痛明显,无昏迷。

　　(2)下颌颏部软组织红肿,口腔内外未见创口,咬合关系无异常。

　　(3)X 线片示下颌颏部正中有骨折线影像。

　　3. 鉴别诊断

　　(1)骨折段移位

　　①正中联合部骨折:单发可无明显移位,两侧双发正中骨折段向下后移位,粉碎性骨折时下牙弓可变窄,双发和粉碎性骨折时舌会后坠,有引起窒息的危险。

　　②颏孔区骨折:单侧骨折前段向下后移位,后段向上前方移位;双侧骨折两侧后段向上前方移位,前段向下后方移位,可引起舌后坠。

　　③下颌角骨折:骨折线正在下颌角处可无移位,如在肌肉附着点之前,前段向下内、后段向上前移位。

　　④髁突骨折:折断髁突向前内移位。按骨折线部位分三种包括囊内骨折或脱帽骨折、髁突颈部骨折、髁突基部骨折。髁突单侧骨折不能做侧殆运动,前牙及对侧牙出现开殆。双侧骨折下颌不能前伸,后牙早接触,前牙开殆明显。

　　(2)咬合错乱:颌骨骨折最常见症状。

　　(3)骨折段异常动度、下唇麻木及张口受限。

　　4. 治疗原则(治疗设计)　同上颌骨骨折的治疗原则(治疗设计)。

【简答题】

　　下颌骨骨折好发于哪些部位?

答:下颌正中联合部、颏孔区、下颌角区、髁状突颈部。

十九、颌面部囊性病变

分为软组织囊肿和颌骨囊肿两大类,其中软组织囊肿包括皮脂腺囊肿、皮样或表皮样囊肿、甲状舌管囊肿、鳃裂囊肿;颌骨囊肿包括牙源性颌骨囊肿(含牙囊肿、牙源性角化囊肿、根尖周囊肿、始基囊肿),非牙源性囊肿(球上颌囊肿、鼻腭囊肿、正中囊肿、鼻唇囊肿)和血外渗性囊肿。

(一)皮脂腺囊肿

【病历摘要】

患者,女,35 岁。

主诉:左面颊部皮下无痛肿块缓慢生长 4 年。

现病史:4 年前左面颊部出现 1 个豆状大小的肿块,无痛,缓慢生长。1 年前曾出现过疼痛、肿胀,服用抗生素(药名不详)后疼痛消失。

口腔检查:左面颊部皮下有 1 个 1cm×1cm×0.5cm 的肿块,向皮肤表面突出,肿块与皮肤紧密粘连,中央可见一个小色素点,圆形,与周围组织界限明显,质地软,无压痛,可移动。

【考试要点】

1. 诊断　左面颊部皮脂腺囊肿。

2. 诊断依据　皮脂腺囊肿属潴留性囊肿,由于皮脂腺排泄管阻塞所引起。此类囊肿可发生恶变。

(1)左颊面部出现 1 个豆状大小的肿块,无痛,缓慢生长。

(2)囊肿位于皮内,向皮肤表面突出,囊壁与皮肤紧密粘连,中央可见一个小色素点。

(3)肿块圆形,与周围组织界限明显,质地软,无压痛,可移动。

3. 鉴别诊断

(1)面颊部脂肪瘤:肿块与周围组织界限不明显,质地软,无压痛,触之分叶状。无痛。

(2)面颊部纤维瘤:无痛肿块,质地硬,大小不等,与周围组织界限明显,无压痛,可移动。肿块与周围组织无粘连。

4. 治疗原则(治疗设计)

(1)无感染时,治疗主要为局部麻醉下手术切除。

(2)有感染时,切开排脓,可排出豆腐渣样物质。

【简答题】

皮脂腺囊肿内容物是什么?

答:皮脂腺囊肿囊内容物为白色凝乳状皮脂腺分泌物。

(二)皮样或表皮样囊肿

【病历摘要】

患者,男,20 岁。

主诉:口底正中皮肤内无痛性肿块缓慢生长 7 年。

现病史:7 年前口底正中皮肤内出现无痛性肿块,生长缓慢。一直无症状。近 3 个月肿块变大,舌运动稍受影响,对发音有影响。

口腔检查:肿块呈圆形,表面皮肤光滑。肿块与皮肤及周围组织无粘连,触诊坚韧而有弹性,似面团。穿刺抽出乳白色豆腐渣样分泌物。

病理检查:大体标本囊壁较厚,可见毛发。镜下可见脱落的上皮细胞、毛囊、皮脂腺等结构。

【考试要点】

1. **诊断** 口底皮样囊肿。

2. **诊断依据** 皮样或表皮样囊肿由胚胎发育期遗留上皮细胞发展而来,也可由损伤或手术造成上皮植入所引起。由皮肤及其附件所形成,囊壁较厚,皮样囊肿内容有脱落上皮细胞、皮脂腺、汗腺、毛发等结构。如没有皮肤附件则称表皮样囊肿。

(1)多见于儿童和青年,皮样囊肿好发于口底、颏下;表皮样囊肿好发于眼睑、额、鼻、眶外侧、耳下等。

(2)肿块生长缓慢,呈圆形,表面皮肤光滑。肿块与皮肤及周围组织无粘连,触诊坚韧而有弹性,似面团。

(3)穿刺抽出乳白色豆腐渣样分泌物。

(4)皮样囊肿内容有脱落上皮细胞、皮脂腺、汗腺、毛发等结构;表皮样囊肿囊壁没有皮肤附件。

3. **鉴别诊断**

(1)口底正中皮样或表皮样囊肿应与甲状舌管囊肿鉴别:甲状舌管囊肿表现为生长缓慢,呈圆形,质软,周界清楚,与皮肤及周围组织无粘连,舌骨以下的囊肿可随吞咽及伸舌等动作而移动。

(2)舌下腺囊肿

①单纯型多见,呈浅紫蓝色,扪之柔软有波动感。较大的囊肿可将舌抬起,状似"重舌"。破裂后流出黄色或蛋清样液体,囊肿消失,黏膜破裂处愈合后囊肿又再次形成是其临床特点。

②口外型表现为下颌下区肿物,扪之柔软有波动感,与皮肤不粘连,低头肿物可增大,穿刺抽出蛋清样黏稠液体。

4. **治疗原则(治疗设计)** 治疗方法是手术摘除。手术中注意事项:位于口底的囊肿行口内切口,要避开下颌下腺导管;位于颏下者行颏下皮肤横切口;位于颜面部的囊肿应作与皮纹一致的切口。

【简答题】

皮样囊肿与表皮样囊肿的区别是什么?

答:皮样囊肿内容有脱落上皮细胞、皮脂腺、汗腺、毛发等结构;表皮样囊肿囊壁没有皮肤附件。

(三)甲状舌管囊肿

【病历摘要】

患者,男,10岁。

主诉:颈部正中出现圆形无痛缓慢生长肿块6年。

现病史:6年前,颈部正中出现圆形无痛肿块,生长缓慢,无明显自觉症状。

口腔检查:颈部正中舌骨下部有1个椭圆形1cm×1cm×3cm肿块,质软,周界清楚,与表面皮肤及周围组织无粘连,在肿块与舌骨之间扪得坚韧的条索,肿块随吞咽及伸舌等动作而移动,穿刺抽出透明黄色液体。

【考试要点】

1. 诊断 甲状舌管囊肿。

2. 诊断依据

(1)甲状舌管囊肿好发于儿童,多无自觉症状。若囊肿位于舌盲孔下面或前后时,可因舌根肿胀引起吞咽、语言、呼吸功能障碍。

(2)囊肿可发生于颈正中线自舌盲孔到胸骨切迹间任何部位。

(3)囊肿呈圆形或椭圆形,质软,周界清楚,与表面皮肤及周围组织无粘连,舌骨以下的囊肿在肿块与舌骨之间扪得坚韧的条索,肿块随吞咽及伸舌等动作而移动,穿刺抽出透明黄色液体。

(4)可以继发感染,并自行破溃形成甲状舌管瘘。长期不治可发生癌变。

3. 鉴别诊断

(1)舌异位甲状腺:常位于舌根部或舌盲孔的咽部,突起黏膜表面,表面紫蓝色,质软,周界清楚。患者常有典型的"含橄榄"语音。用核素^{131}I扫描可见有核素浓集。

(2)颏下淋巴结炎:有牙源性感染等或损伤性原发灶,可触及肿大、质稍硬、有压痛、可移动的淋巴结。

4. 治疗原则(治疗设计) 手术切除囊肿,如伴有瘘管则一并切除,切除必须彻底,不然易复发。特别是应将舌骨中份一起切除,以防复发。

【简答题】

切除甲状舌管囊肿时为什么要将舌骨中份一起切除?

答:因为舌骨中可能存在微细的副管,如手术中不将其一起切除,容易导致复发。

(四)鳃裂囊肿

【病历摘要】

患者,男,30岁。

主诉:右侧颈上部出现无痛生长缓慢的肿块2年。

现病史:2年前发现右侧颈上部出现1个胡桃大小肿块,无痛,生长缓慢。

口腔检查:右侧肩胛舌骨肌水平上方可触及1个1cm×1cm×2cm大小的肿块,肿块表面光滑,呈分叶状,质地软,有波动感但无搏动。穿刺可抽出黄色、清亮、含胆固醇晶体的囊液。

【考试要点】

1. 诊断 右侧第二鳃裂囊肿。

2. 诊断依据

(1)鳃裂囊肿可发生于任何年龄,以20~50岁多见。

(2)发生在下颌角以上及腮腺区者来源于第一鳃裂,发生在肩胛舌骨肌水平以上者来源于第二鳃裂,发生在颈根区者来源于第三、四鳃裂,以来源于第二鳃裂者最多见。

(3)囊肿表面光滑,大小不定,生长缓慢,无自觉症状。

(4)囊肿质地软,有波动感但无搏动,囊肿穿破形成的鳃裂瘘有外口无内口,原发性鳃裂瘘既有内口又有外口。

(5)穿刺可抽出黄色、清亮、含或不含胆固醇晶体的囊液。可以癌变。

（6）如继发感染可伴发疼痛，并放射至腮腺区。

（7）病理检查可见纤维囊壁内含大量淋巴样组织并形成淋巴滤泡。

3. 鉴别诊断

（1）颈动脉体瘤：肿块触诊有搏动感。

（2）大囊型淋巴管畸形：好发颈部锁骨上区，表面皮肤色泽正常，呈充盈状，扪诊柔软，有波动感。穿刺可抽出透明淡黄色水样液体。透光试验阳性。

（3）神经鞘瘤：肿块圆形或卵圆形，长大后可有分叶。质地坚韧但发生黏液性变后可质软如囊肿，可抽出血样液体，不凝结是其特点。

4. 治疗原则（治疗设计） 根治方法是手术彻底切除。第二鳃裂囊肿或瘘手术时勿损伤副神经；第一鳃裂囊肿或瘘手术时勿损伤面神经。

【简答题】

简述鳃裂瘘发生的部位。

答：第一鳃裂瘘外口在耳垂、下颌角，内口在口角、外耳道；第二鳃裂瘘外口在颈中下 1/3，内口在咽侧壁；第三、四鳃裂瘘外口在颈下部，内口在梨状隐窝、食管入口。

（五）牙源性颌骨囊肿

【病历摘要】

患者，男，35 岁。

主诉：右侧下颌磨牙区及下颌角处出现无痛性、逐渐膨大的肿块 7 年。

现病史：7 年前，右侧下颌骨磨牙区及下颌角处出现无痛性肿块，生长缓慢。

口腔检查：右侧下颌磨牙区及下颌角处颌骨向颊侧膨胀，面部轻度畸形，扪之有乒乓球感，无明显触痛。穿刺抽得草黄色囊液，镜下可见胆固醇结晶。X 线检查可见：单房卵圆形透明阴影，边缘整齐，周围有明显的骨白线，囊腔包裹 1 颗牙冠。

【考试要点】

1. 诊断 右侧下颌骨含牙囊肿。

2. 诊断依据

（1）牙源性颌骨囊肿好发于青壮年，可发生于颌骨任何部位；牙源性角化囊肿、始基囊肿好发于下颌第三磨牙区和下颌升支部；含牙囊肿好发于下颌第三磨牙区和上颌尖牙区。

（2）囊肿生长缓慢，初期无自觉症状，发展后可形成面部畸形，如骨板完全吸收后可有波动感，有时可形成病理性骨折，压迫邻牙引起牙移位、松动、倾斜。一般为单发。

（3）囊肿发展比较大时，因骨壁变薄，扪之有乒乓球感，无明显触痛。穿刺抽得草黄色囊液，镜下可见胆固醇结晶。角化囊肿可抽出稠厚乳白色或黄色脂样半流体。

（4）始基囊肿、含牙囊肿牙列可能缺牙；根尖周囊肿可找到病灶牙。

（5）X 线片检查：始基囊肿、含牙囊肿单房卵圆形透明阴影，边缘整齐，周围有明显的骨白线。含牙囊肿囊腔包裹牙冠或牙体；牙源性角化囊肿可为单房或多房透明阴影，大小相差不大，边缘可不整齐，偶见牙根吸收；根尖周囊肿可见根尖有阴影。

（6）除根尖周囊肿外，其他牙源性颌骨囊肿均可转变为或同时伴有成釉细胞瘤，牙源性角化囊肿具有较强的复发性和癌变能力。

3. 鉴别诊断

（1）颌骨成釉细胞瘤：成釉细胞瘤具有高度局部侵袭性。常发生在下颌体和下颌角部，生长缓慢,长大后可引起颌骨畸形,侵犯牙槽突可引起牙齿松动、移位或脱落,有时会引起吞咽、咀嚼和呼吸障碍,当肿瘤压迫下牙槽神经时可引起患侧下唇及颊部麻木不适。X线表现:透射区内有分格的白线(边缘有切迹)。确诊需靠病理检查。

(2)骨纤维异常增殖症:囊性骨纤维异常增殖症 X 线影像也可出现多形性低密度透影区,但其密度要稍高于颌骨囊肿。

4. 治疗原则(治疗设计)　应采用外科手术摘除。

(1)牙源性角化囊肿:拔除波及的牙,要除去囊壁外一层骨组织或做方形骨切除,囊腔骨壁要做烧灼或冷冻处理。

(2)含牙囊肿和始基囊肿:剥净囊壁,含牙囊肿要去除囊内牙。

(3)根尖周囊肿:剥净囊壁,病灶牙根管治疗或拔除。

【简答题】

非牙源性囊肿包括哪几类?

答:球上颌囊肿、鼻腭囊肿、正中囊肿、鼻唇囊肿。

二十、口　腔　癌

【病历摘要】

患者,女,78 岁。

主诉:左下颌后牙区黏膜出现破溃疼痛 1 年。

现病史:1 年前,左下颌后牙黏膜开始出现破溃,伴疼痛,近 3 个月疼痛加剧,张口轻度受限,影响进食。

口腔检查:$\overline{67}$ 残冠,颊侧黏膜上有一个直径 2cm 的深溃疡,周围硬,边缘不齐,底部呈菜花状,扪诊基底部有硬结。触诊下颌下淋巴结肿大。病理检查确诊中等分化的鳞状细胞癌。

【考试要点】

1. 诊断　左颊黏膜鳞状细胞癌。

2. 诊断依据

(1)颊黏膜癌好发于磨牙区附近,生长快,表现为溃疡型或外生型,周围硬,边缘不齐,底部呈菜花状,向深部浸润,扪诊基底部有硬结。转移到下颌下或颈深上淋巴结。

(2)舌癌恶性程度较高,好发于舌缘、舌尖、舌背,以溃疡型或浸润型为主,生长快,浸润性强,影响舌肌造成舌运动障碍,如有感染或侵犯舌根则可产生剧痛。早期即可发生颈淋巴结转移,转移率较高,舌前部癌转移到下颌下或颈深淋巴结上、中群,舌尖部癌转移到颏下或颈深中群淋巴结,远处转移多转移到肺。

(3)牙龈癌分化程度较高,生长较缓慢,溃疡型多见,浸润牙槽突和颌骨使骨质破坏,引起牙齿松动及疼痛。下牙龈癌转移较早,一般转移到患侧下颌下及颏下淋巴结,上牙龈癌多转移到患侧下颌下和颈深淋巴结。

(4)腭癌鳞癌少见,细胞多为高分化,发展比较缓慢,常引起腭穿孔,硬腭癌转移到颈深上淋巴结。

(5)唇癌仅限于唇红黏膜原发癌。主要为鳞癌,好发于下唇中外 1/3 处,早期为疱疹状结痂的肿块或黏膜增厚,以后出现火山口状溃疡或菜花状肿块,生长慢,多无自觉症状。下唇癌转移到颏下和下颌下淋巴结,上唇癌转移到耳前、下颌下或颈淋巴结。

(6)口底癌早期常为溃疡型,有疼痛、口涎增多、舌运动受限,可出现吞咽困难和语音障碍。常早期发生转移,转移到颏下、下颌下或颈深淋巴结,常发生双侧转移。

(7)组织病理学活检检查可确诊。

3. 鉴别诊断

(1)口腔黏膜良性溃疡:参见"第1章病史采集与病例分析第一节病史采集(五)口腔黏膜溃疡"。

(2)口腔黏膜良性肿瘤:组织病理学活检检查可确定鉴别诊断。

4. 治疗原则(治疗设计)

(1)舌癌:以综合疗法为主,原发灶切除和颈淋巴清扫术,一般主张行选择性肩胛舌骨上或功能性颈淋巴清扫术,晚期病例可以化学药物治疗作为辅助治疗。

(2)牙龈癌:以外科手术为主,下牙龈癌应同期行选择性颈淋巴清扫术。

(3)颊黏膜癌:小的可放射治疗,不敏感者外科手术切除,术前先用化学药物治疗。如有颈淋巴结转移行颊、颌、颈联合根治术。

(4)腭癌:手术切除或低温治疗。

(5)唇癌:早期可采用外科手术、放射治疗、激光治疗或低温治疗,晚期外科手术治疗。

(6)口底癌:早期的可放射治疗,晚期的行口底、下颌骨、颈淋巴联合根治术。

【简答题】

按照病理分化程度口腔鳞癌一般可分为几级?

答:一般分为三级,Ⅰ级分化较好;Ⅱ级分化中等;Ⅲ级分化最差,未分化癌的恶性程度最高。

二十一、三叉神经痛

【病历摘要】

患者,女,50岁。

主诉:左侧下唇皮肤处阵发性电击样剧痛,骤发骤停4年。

现病史:4年前开始出现左侧下唇皮肤区域阵发性电击样剧痛,有时自发,有时轻抚面部、微笑、微风吹拂、刷牙漱口可诱发。发作时间持续数秒钟,但两次发作间的间歇期内无任何症状。春季和冬季发作较频繁。

口腔检查:在左侧下唇皮肤处有明确的"扳机点",左侧面部其他部位无感觉异常。"扳机点"区域皮肤粗糙、增厚、色素沉着。诊断性封闭确定左侧三叉神经下颌支为患病分支。

【考试要点】

1. 诊断　左侧原发性三叉神经痛。

2. 诊断依据

(1)在三叉神经某个分支分布区域内骤然出现闪电式的非常剧烈的疼痛,疼痛可由刺激"扳机点"引起,如轻抚面部、微笑、微风吹拂、刷牙漱口可诱发,也可自发。

(2)疼痛区的皮肤因长期用力揉搓出现粗糙、增厚、色素沉着等。面部其他部位无感觉异常。

(3)诊断性封闭确定患病分支。

3.鉴别诊断

(1)非典型面痛：疼痛不局限于某一感觉神经支配区内，疼痛范围广泛、深在。无"扳机点"存在，发作时会出现有明显的自主神经症状。

(2)牙痛：参见"第1章病史采集与病例分析第一节病史采集（一）牙痛"。

(3)鼻旁窦炎：由于三叉神经第二支的上牙槽神经经上颌窦壁分支进入牙髓，故当上颌窦急性炎症时此分支被压迫，可产生牙髓炎样剧烈疼痛。本病多发生在急性鼻炎之后。疼痛持续时间长，局部皮肤出现红肿等炎症表现。

(4)颞下颌关节紊乱病：参见"第1章病史采集与病例分析第一节病史采集（十一）张口受限 1.颞下颌关节紊乱病"。

(5)舌咽神经痛：为舌咽神经分布区的阵发性剧痛。主要部位在咽后壁、舌根、软腭、扁桃体、咽部、外耳道等处。常因说话、吞咽引起疼痛发作，睡眠时也可发病。通过在舌咽神经分布区喷局部麻醉药疼痛缓解可作出诊断。

4.治疗原则（治疗设计）

(1)药物治疗：卡马西平（首选）、苯妥英钠、氯硝西泮、山莨菪碱及配合使用的镇痛药。

(2)半月神经节射频温控热凝术，针刺疗法、封闭疗法、理疗、注射疗法、冷冻、激光等。

(3)组织疗法：采用肠线埋入三叉神经患支附近。

(4)手术治疗：病变处骨腔清除术，三叉神经周围支切断撕脱术（眶下神经切断撕脱术、下牙槽神经切断撕脱术），三叉神经根截断术。

【简答题】

何谓继发性三叉神经痛？

答：继发性三叉神经痛是指由于机体的其他病变压迫或侵犯三叉神经所致，此型既有疼痛症状又有神经系统体征。

二十二、牙体缺损

【病历摘要】

患者，男，30岁。

主诉：上前牙牙体缺损、变色求治。

现病史：1年前上前牙曾受过外伤，做过"根管治疗"处理。2个月时牙体出现变色影响美观，无疼痛。

口腔检查：1|1牙体变色呈暗黑色，近中切角少许缺损，无松动，叩诊（－）。X线片示根管治疗充填完好，根尖无阴影。

【考试要点】

1.诊断和治疗设计　1|1可做烤瓷熔附金属全冠修复或全瓷冠修复。

2.设计依据

(1)牙体变色呈暗黑色，近中切角少许缺损，无松动，叩诊（－）。

(2)X线片示根管治疗充填完好，根尖无阴影。

3.修复设计原则及方法

（1）修复治疗的原则

①正确恢复形态与功能：有一定突度的牙冠轴面形态；修复体邻面与邻牙紧密接触；围绕邻接区有正常向四周展开的外展隙；正确恢复𬌗面形态和咬合关系。

②预备时尽可能保存、保护牙体组织：去除病变组织，阻止病变发展；消除轴壁倒凹，获得良好就位道；开辟保证修复体一定的强度、厚度和美观的空间；提供良好的固位形和抗力形；磨改过长牙或错位牙，建立和谐的咬合关系和外观，牙体预备要有预防性扩展。

③应保证组织健康：要保证牙髓组织、牙龈组织等的健康。

④合乎抗力形和固位形的要求。

（2）固位原理：主要靠机械摩擦力、动态的约束力、化学性粘结力。常用的固位方法包括环抱固位形、钉洞固位形、沟固位形、洞固位形。

（3）嵌体

①嵌体的种类：根据覆盖牙面分为单面嵌体、双面嵌体、多面嵌体；按部位分为邻𬌗嵌体、𬌗面嵌体、颊面嵌体；按材料分为合金嵌体、树脂嵌体、瓷嵌体。

②适应证与禁忌证：原则上能用充填法修复的牙体缺损都可用嵌体修复，但要求牙体要有较大体积的健康牙体组织才行，能为嵌体提供足够的固位形，否则为禁忌证。

适应证：严重的牙体缺损需要咬合重建的、不能用一般材料做充填修复的牙体缺损；需恢复邻面接触点的牙体缺损。

禁忌证：青少年的恒牙和儿童的乳牙；缺损小，未涉及切角等；残留牙体组织抗力形差；对美观要求过高或心理素质不理想者。

牙体预备的基本要求：去尽腐质，预备成具有固位形和抗力形的洞形（要求：无倒凹、预备洞缘斜面、预备辅助固位形）。

牙体预备的方法：去龋、预防性扩展、固位形和抗力形的制备。

（4）铸造全冠

①铸造全冠的适应证：后牙牙体严重缺损，固位差；后牙需要修复体恢复正常解剖外形、咬合、邻接及排列关系者；固定义齿的固位体；可摘义齿的基牙缺损需要保护。

②铸造全冠的设计：争取以生物学性能较好的金合金做修复材料，减少牙体切割量；老年患者根冠比例大者修复体边缘应在龈上，𬌗龈距离短、牙体小的、牙周支持组织差的修复体边缘应在龈下；牙冠缺损严重的应考虑以桩、钉加固；根据患牙的位置、方向及邻牙情况设计就位道。

③铸造全冠的牙体预备：以消除倒凹为目的的颊舌面预备和邻面预备，为全冠提供𬌗面间隙的𬌗面预备，颈部肩台预备（宽 $0.5\sim0.8$ mm），精修完成。

（5）烤瓷熔附金属全冠

①适应证与禁忌证

适应证：变色牙、氟斑牙、四环素牙等；牙体缺损较大无法用充填修复；前牙畸形不能作正畸治疗；需作烤瓷桥固位体的基牙。

禁忌证：青少年恒牙未发育完成；牙体过小无法取得足够的固位形和抗力形；严重深覆𬌗者。

②对烤瓷合金及瓷粉的要求：合金和瓷粉应具有良好生物相容性；合金和瓷粉应具有适当的机械强度和硬度；合金和瓷粉应各含有一种或一种以上的元素，在高温熔附时金属表面可形

成氧化膜;合金和瓷粉的热膨胀系数应严格控制,二者之间应比较匹配;合金的熔点应大于瓷粉;瓷粉的颜色应具有可匹配性,色泽长期稳定不变;金属基底不能太薄。

③烤瓷熔附金属全冠的设计:全瓷覆盖用于咬合正常的前牙,瓷层全部覆盖金属基底表面;部分瓷覆盖为金属基底的唇颊面用瓷层覆盖,而𬌗面和舌面暴露出金属,用于咬合紧的前牙或固定桥的固位体。

④牙体预备的方法:各面预备出金属厚度的间隙 0.3～0.5mm 和瓷的厚度的间隙 0.85～1.2mm。肩台宽度 1mm。

(6)桩冠和桩核冠

①适应证与禁忌证

适应证:牙冠大部缺损无法充填或全冠修复;牙冠缺损至龈下;前牙冠折断面在牙槽嵴以上;前牙畸形无法矫正治疗;牙冠短小的变色牙、氟斑牙等无法全冠修复;作固定义齿的固位体的残冠、残根。

禁忌证:18 岁以下的青少年;有明显根尖周感染未有效控制的;严重的根尖吸收、牙槽骨吸收超过根长 1/3;根管壁有侧穿的;原有桩冠折断,断桩无法取出的;严重深覆𬌗者。

②桩冠的固位要求:冠桩的长度约为根长的 2/3～3/4;理想的冠桩直径应为根径的 1/3;理想的冠桩外形应是与牙根外形一致的一个近似圆锥体。

③桩冠牙体预备的方法:将根面预备成唇舌向的两个斜面,两个斜面相交成一条近远中向的嵴,并通过根管口中央。

(7)牙体缺损修复的完成

①试𬌗:检查修复体;就位要求冠的边缘到达设计的位置,咬合基本良好,在患牙上就位后不出现翘动现象;检查冠的边缘包括长短、密合性、外形与牙体一致;检查冠的外形和邻接;调𬌗;患者试戴观察。

②抛光:在试戴完成后进行,可提高其耐腐蚀性、生物相容性和自洁作用。

③粘固:粘固剂起到填补并封闭修复体与牙体表面的缝隙,增加修复体对牙体表面摩擦力的作用。

(8)牙体缺损修复后可能出现的问题与处理

①疼痛:过敏性疼痛、自发性疼痛、咬合痛。根据引起疼痛的原因进行处理。

②食物嵌塞:原因是邻接无接触或接触不良,轴面外形不良,𬌗面形态不良,𬌗平面与邻牙不一致,修复体有悬突或龈边缘不密合。处理包括调𬌗、重做、应用联冠修复。

③龈缘炎:原因包括轴壁突度不良、冠边缘过长、试冠时对牙龈的损伤、食物嵌塞。处理:用消炎药消炎、调𬌗、重做。

④修复体松动、脱落:原因包括固位力不足、创伤𬌗、粘固失败。

⑤修复体损坏:原因包括外伤、材料因素、制作因素、𬌗力过大、调𬌗磨改过多、磨耗过多。

二十三、牙 列 缺 损

【病历摘要】

患者,男,47 岁。

主诉:上前牙固定修复 3 年,现松动求治。

现病史:3 年前上前牙因外伤缺失,进行固定义齿修复。近 2 个月来固定义齿松动,咬合痛,进冷热饮食酸痛,口腔异味大。

口腔检查: 2̲ 缺失, 1̲-3̲ 烤瓷固定桥, 1̲3 为烤瓷全冠固位体,边缘均不密合。 1̲ 的远中和 3̲ 的近中邻面可探及继发龋,探诊酸痛。 1̲3 叩诊(+),牙龈红肿,无牙周袋。余牙健康,咬合正常。

【考试要点】

1. **诊断** 上颌牙列缺损(不良修复体)。

2. **诊断依据** 有 1 个以上牙缺失,余留牙健康,可做基牙。

3. **治疗原则(治疗设计)**

(1)余留牙应摄 X 线片判断牙根长度、牙槽骨高度、牙周膜健康情况及是否做过牙髓治疗或根管治疗。

(2)余留牙有牙体病,应先做牙体缺损修补或牙髓治疗。

(3)根据缺牙的数目、部位、基牙的条件、咬合关系、缺牙区牙槽嵴情况、患者的年龄和职业等设计合适的牙列缺损修复方法,如固定义齿、可摘义齿等。

(4)如有不良修复体存在,应先拆除不良修复体。

【简答题】

固定义齿松动的原因有哪些?

答:固位体与基牙不密合或继发龋引起固位体边缘粘固剂脱落;咬合力没有达到平衡,有早接触点;基牙预备中,聚合度过大,使固位体固位力不足或固位体未完全就位,固定义齿翘动等;基牙负荷过大,导致基牙松动。

二十四、牙 列 缺 失

【病历摘要】

患者,女,74 岁。

主诉:全口牙均脱落 3 个月求修复。

现病史:全口余留牙于 3 个月前均已拔除,现无法进食,面部变形,未做过义齿修复。

口腔检查:颌面部左右基本对称,唇部丰满度差,面部下 1/3 变短,张口下颌前伸,稍偏左侧。全口无牙颌,上颌牙槽嵴较高较宽,下后牙牙槽嵴低平,弓为方圆形,上颌结节无明显倒凹。

【考试要点】

1. **诊断** 牙列缺失。

2. **诊断依据** 全口无牙颌,牙脱落的原因、牙槽嵴高低情况、有无骨缺损、黏膜情况等均应系统了解,以利修复设计。

3. **治疗原则(治疗设计)**

(1)进行全口义齿修复。

(2)牙槽嵴高低宽窄,黏膜柔软增生情况,舌的位置,肌肉和系带情况,面部对称情况等在治疗设计前应充分了解。

(3)根据牙槽嵴情况确定是否需要牙槽骨修整术或植骨术。

（4）根据牙弓的大小选择合适的牙齿和颜色。

（5）全口义齿完成后需嘱患者如何保持口腔卫生。

【简答题】

全口义齿带入后引起疼痛的原因有哪些？

答：（1）在牙槽嵴上有骨突、下颌舌隆突、上颌结节颊侧有组织倒凹，全口义齿取带时可刮伤组织，引起疼痛。

（2）基托边缘伸展过长或过锐，系带区缓冲不够，引起组织损伤。

（3）全口义齿在正中咬合和侧方咬合时有早接触或𬌗干扰，𬌗力分布不均匀，可造成组织损伤。

（4）全口义齿固位差，不稳定，可形成口内多处压痛。

（5）垂直距离过高或夜磨牙可产生下牙槽嵴普遍疼痛或压痛。

第2章 口腔检查基本技能

第一节 无菌操作

一、洗手和戴手套

1. **手术人员准备工作**

(1)手术人员在洗手前要换穿手术室准备的清洁鞋和衣裤,戴经过消毒的帽子和口罩。口罩必须盖住口及鼻孔,帽子前面须全部、后面大部分遮住头发。剪短指甲,并除去甲缘下积垢,手部皮肤有化脓性感染或破损时,不能参加手术。

(2)将两侧衣袖上卷至上臂中、下 1/3 交界处,衣摆要塞进裤腰内。

2. **洗手方法和步骤** 洗手的目的是将皮肤表层的全部细菌和深层如毛囊内的部分细菌清除,常用的方法有以下 3 种。

(1)肥皂刷手乙醇浸泡法:用肥皂刷手其目的是利用皂化作用和机械作用消除皮肤浅表细菌,刷手后用化学消毒剂浸泡以消除深层细菌。

①手术者先用肥皂一般性地洗手后,再用无菌毛刷蘸煮过的肥皂水刷洗手和臂,其顺序是从手指尖、手指、手掌、手背、前臂、肘部及肘部以上 10cm,两手交替刷洗,要特别注意刷洗甲缘、甲沟、指蹼、掌纹及腕部皱褶处。手法须稍用力并稍快,一次刷完后,手指朝上、肘部朝下用清水冲洗手臂上的肥皂水。更换毛刷反复刷洗 3 遍,共约 10min。刷洗和冲洗过程中,应保持手指朝上高于肘部的姿势,使污水顺肘部流下,不污染手部。

②刷洗 3 遍后用无菌毛巾从手到肘部擦干,擦过肘部的毛巾不可再擦手部。

③将手和前臂浸泡于 70%乙醇内 5min,浸泡范围到肘部上 6cm。

④洗手消毒后,保持拱手姿势手臂不得下垂,不得触碰未消毒过的任何东西。进入手术室后穿手术衣,戴手套。

⑤如洗手消毒完毕后又不慎被污染,则应重新按上述要求洗手消毒。

⑥给患者消毒皮肤的手术者,消毒皮肤后须重新在 70%乙醇内浸泡 1~3min。

⑦如用苯扎溴铵(新洁尔灭)代替乙醇,则刷手的时间为 5min。彻底用清水冲净手臂上的肥皂水后,在 1:1 000 的苯扎溴铵溶液中浸泡并用小毛巾轻轻擦洗 5min。

(2)碘伏洗手法

①剪指甲、除甲垢,用清水和肥皂液交替洗双手、前臂,上臂至肘关节以上 10cm。

②用无菌刷蘸上碘伏,交替刷洗双手、前臂、肘部及肘部以上(其顺序是从手指尖、手指、手掌、手背、前臂、肘部及肘部以上 10cm,要特别注意刷洗甲缘、甲沟、指蹼、掌纹以及肘部皱褶

处),刷洗时间 3min。

③更换毛刷再用此方法按上述要求刷洗 2min。注意刷洗过程中,应保持手指朝上高于肘部的姿势,双手不得下垂。

④举起前臂,将手上和前臂上的泡沫用无菌毛巾擦干后穿手术衣。

(3)灭菌王刷手法

①洗手前将洗手衣袖卷至上臂 1/3 处,用肥皂及流水将手和前臂按普通洗手法清洗一遍。

②用无菌刷接取灭菌王 3～5cm 刷洗手和手臂,特别注意甲缘、甲沟、指腹等处的刷洗,从手指尖到肘上 10cm 处;两臂交替刷洗。共刷 3min,用清水冲干净。

③无菌小毛巾从手到肘部擦干手臂。擦过肘部的毛巾不可再擦手部。

④再取吸足灭菌王的纱布球涂擦手及前臂一次,待干后穿手术衣及戴手套。

3. 戴手套方法及步骤

(1)取叠好已灭菌的手套,双手各捏起手套的翻折部将两手套分开,用左手拿住手套翻折部。

(2)先右手插入右手手套内,然后用已戴好手套的右手手指插入左手手套的翻折部,协助左手插入手套内。

(3)将双手手套翻折部分翻回,套住手术衣袖口(图 2-1)。

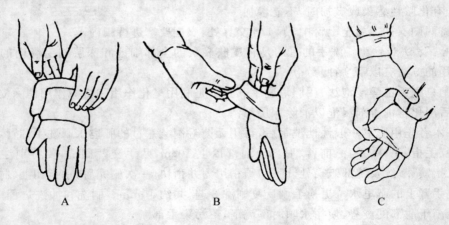

A   B   C

图 2-1　戴手套步骤

A. 先将右手插入手套内;B. 已带好手套的右手指插入左手套的翻折部,帮助左手插入手套内;C. 将手套翻折部翻回盖住手术衣袖口

注意:

(1)应先穿无菌手术衣,后戴无菌干手套。

(2)未戴无菌手套的手只能接触手套向外翻折的袖口部分,不能碰到手套外面。

(3)一旦手套戴好,则禁止触碰任何有菌物品。

4. 六步洗手方法及目的

方法:第一步是掌心擦掌心;第二步是手指交错,掌心擦手背,两手互换;第三步是手指交错,掌心擦掌心;第四步是两手互握,互擦指背;第五步是拇指在掌心转动,两手互换;第六步是指尖摩擦掌心,两手互换。

目的:主要是去除手部皮肤污垢和部分细菌病毒。

5．考试质量要求

(1)六步洗手法,刷手的顺序和方法正确。

(2)是否用流动水冲洗,冲洗时手的位置正确。

(3)戴手套方法正确。

6．简答题

简述洗手的目的、时间、浸泡消毒剂的范围及特殊感染时用的消毒剂比例。

答:洗手的目的是消除手术人员手和手臂各部位表层和深层的细菌,避免手术者手和手臂所带细菌直接污染手术野。洗手时间为 10min,消毒剂浸泡 5min,浸泡范围应达肘上 10cm处。有特殊感染须用 1:500 消毒剂浸泡双手。

二、口腔黏膜消毒

1．手术区准备及所用药物

(1)口腔内的手术特别是植骨术、植皮术均需在术前进行口腔内的准备,包括牙周洁治、龋齿充填、过度松动牙或残根拔除等,术前用消毒漱口液含漱。

(2)口腔内手术前消毒漱口液包括 3%过氧化氢溶液,0.1%氯己定(洗必泰)液和复方硼砂漱口液。

(3)口腔黏膜消毒药物包括

①碘酊:口腔黏膜消毒用 1%碘酊,头皮部用 3%碘酊,面颈部用 2%碘酊,消毒后用 70%的乙醇拭去碘酊。

②氯己定:皮肤消毒用 0.5%氯己定,口腔黏膜、创口消毒用 0.1%氯己定。

③碘仿(聚维酮碘,碘伏):用含有效碘 0.5%的碘仿消毒口腔黏膜和皮肤。

2．操作方法及步骤

(1)用无菌消毒钳夹住准备好的纱布放在盛有消毒液的杯中,待纱布浸透后取出稍等片刻。

(2)口腔内的手术或手术将穿通口腔时,要先消毒口内再消毒面颈部。

(3)口腔内消毒应消毒整个口腔,面颈部消毒按手术区及范围而定,应大于手术区 5～10cm 以上,方能保证有足够的安全范围。

(4)口腔内和面颈部都应同样消毒 3 次。

(5)消毒剂擦拭方式为:一般以术区中心开始,向周围环绕扩展涂药,不可遗留空白;感染创口则从清洁部位开始向患处涂擦。

(6)口腔内拔牙手术可选用 1%碘酊、0.1%氯己定或含有效碘 0.5%的碘仿消毒口腔黏膜。

(7)口腔内行小手术或活体组织检查时,则除了用上述药物消毒口腔黏膜外,还应消毒面颈部。

3．注意事项

(1)在口腔内、咽部及鼻孔处消毒时,如为婴幼儿或全身麻醉患者,则蘸药不可过多,以免经口咽流入呼吸道。

(2)如用刺激性消毒剂消毒眼周皮肤时,应嘱患者轻闭双眼,再用小敷料盖住眼裂,以防药液流入眼内。

4. 考试质量要求

(1)能正确选用口腔黏膜消毒所用消毒剂。

(2)手术区应用无菌干棉球擦干。

(3)能正确掌握消毒剂擦拭方式。

(4)能切记上述的注意事项,以防出现意外。

5. 简答题

简述口腔黏膜及颌面部消毒常用消毒剂及浓度。

答:常用消毒剂为1%碘酊(用70%乙醇拭去碘酊),0.1%氯己定(皮肤消毒用0.5%浓度)或含有效碘0.5%的碘仿消毒口腔黏膜。

第二节 口腔检查

一、一般检查

1. 口腔检查准备

(1)患者的体位为检查上颌时,患者的上颌平面与地面约成45°角,高度与医生肘部平齐,医生站在患者的右前方或右后方;检查下颌时,患者的下颌平面与地面平行,高度与医生肘部平齐,医生站在患者的右后方,如为右下牙区,则医生站在患者的右前方;如为卧式综合治疗椅,患者的上颌平面与地面约成90°角,医生应站在以时钟的条码表示的9:30—12:30之间。

(2)备好检查盘,盘内包括已消毒过的口镜、探针、镊子、纱布、手套、唇颊牵引器等,治疗台上应备有蜡片、咬合纸等。

(3)医生要修剪指甲,洗手,戴手套。检查时态度要和蔼,动作要轻柔。

2. 口腔内检查的内容

(1)口腔前庭:用口镜拉开唇颊部,依次检查唇、颊、牙龈黏膜及唇颊沟的情况;同时要注意检查唇、颊系带的位置及腮腺导管乳头的情况。

(2)腭:视诊应注意软硬腭、腭垂(悬雍垂)、腭舌弓等处的黏膜有无病变或畸形缺损,怀疑有肿块要配合扪诊检查。软腭、腭垂(悬雍垂)、腭舌弓、腭咽弓的运动也应注意观察。在发音、吞咽、吹哨等功能活动中有无因腭咽闭合不全所发生的症状,如重鼻音或腭裂语音等。

(3)舌:借助口镜观察舌体、舌缘、舌背及舌腹的黏膜、舌苔、舌形、大小等,舌的各方向的运动情况,舌运动时系带附着的位置正常与否均须检查。如怀疑舌肌肉内有问题或肿块应进行扪诊检查。用甜、酸、苦、咸等液体滴在舌背上以检查舌的味觉功能。

(4)口底:患者抬起舌尖检查口底黏膜、舌下腺、颌下腺导管及乳头情况。

(5)口咽:视诊应借助口镜观察咽后壁、咽侧壁、腭扁桃体有无病变,有无呼吸及吞咽障碍症状。

(6)牙及咬合:正常人的张口度应为自身手合拢时示、中、环指三指末节的宽度,也可以上下中切牙切缘间距离为标准,2～2.5cm 为轻度张口受限,1～2cm 为中度张口受限,1cm 以内为重度张口受限。

咬合关系检查主要是观察有无错殆。在口腔外科可通过咬合关系检查确定有无颌骨畸形、骨折、肿瘤及颞下颌关节疾病。在无牙颌患者只能根据上下唇系带及牙槽突的关系进行判断。

3. 口腔一般检查的操作方法

(1)探诊

①探查牙面用尖头探针,探查邻面用探针的三弯端,探查牙周袋用钝头刻度探针,探查窦道用圆钝质软探子。

②以握笔式握住探针,以示指在检查牙的邻牙或口外作支点。如为龋病探诊,应先探殆面,再探邻面,然后是颊舌面。如为牙周袋探诊,则应探查近中颊、舌点,颊、舌点,远中颊、舌点共 6 点。

③探诊时动作要轻柔,切不可用蛮力,以避免引起患者不安或产生不必要的剧痛。

(2)叩诊

①用平端手持金属器械如口镜末端进行。

②常用叩诊法包括:垂直叩诊法,垂直轻叩牙齿的切缘或殆面,主要检查根尖区炎症;侧方叩诊法,侧方叩击牙齿的颊面或舌面,主要检查牙周膜一侧炎症。

③叩诊时不要用力过猛,先叩正常牙,后叩患者疼痛牙。

④叩诊一查有无疼痛,二听有无叩诊声音异常。叩诊判断标准为:无痛记为叩痛(－);重叩轻痛记为叩痛(＋);轻叩重痛记为叩痛(卌);介于叩痛(＋)与叩痛(卌)之间则为叩痛(＋＋)。

(3)扪诊

①扪诊颜面部肌肉,应以双手同时扪诊,在运动状态下以手指扪触对比两侧咀嚼肌力的情况,患者端坐,医生站于其侧方或前面。

②颌骨扪诊亦应双手同时扪诊眼眶、颧骨、上颌骨、鼻骨、下颌支、下颌角及下颌体,观察其大小、对称性,有无膨隆、缺损、压痛等,医患体位同颜面部肌肉扪诊。

③对唇、颊、舌、口底部的病变应将双手或两指分别置于病变区的两侧做双合诊,以便准确地了解病变的范围和性质。患者端坐,医生站于患者之前。

④面部淋巴结扪诊先从枕部开始,依次为耳后、耳前、腮腺、颊部、颌下、颏下,再沿胸锁乳突肌前缘及后缘按各解剖区检查。患者端坐,头低向前方,放松,医生站在患者的右前方或右后方。检查中应注意淋巴结的部位、数目、大小、硬度、活动性,与皮肤和基底有无粘连、压痛等。

⑤颞下颌关节扪诊:患者端坐,医生站在患者的前方或后方,双手同时进行。将双手示指分置于两侧耳屏前、髁状突的外侧面请患者做开闭口运动,判断髁状突的活动度,并感触有无弹响或摩擦。

⑥扪诊涎腺时,患者端坐,医生站在患者的前方或侧方。腮腺扪诊一般以示、中、环指三指平触为宜。颌下腺及舌下腺须用双手合诊法,检查腺体是否肥大、对称、有无肿块,导管有无结石等。

⑦牙齿扪诊应用手指扪压牙龈,确定是否龈沟内有炎性渗出,扪压牙槽骨板的软组织,确定根尖区有无疼痛、脓肿等。

（4）松动度

①用镊子或钝头器械柄进行。

②用镊子夹持患者前牙的切缘或将镊尖置于磨牙殆面的沟窝，做颊（唇）舌（腭）及近远中方向摇动，也可用两个钝头器械柄置于牙齿的唇（颊）面和舌（腭）面，向唇（颊）侧或舌（腭）侧交替加力，判断牙齿的松动度。

③结果判断参见"第一节病史采集八、牙齿松动度检查"。

（5）考试质量要求

①探诊：要求握持方式和支点选择正确；动作及顺序正确；探针应用正确。

②叩诊：器械选择和叩诊动作正确；叩诊顺序正确；叩诊反应的描述正确。

③扪诊：手法和检查部位正确；医患体位正确；扪诊内容正确掌握。

④松动度：器械的选择和放置部位正确；检查动作正确；结果判断正确。

4. 简答题

简述牙齿松动度结果判断标准。

答：按牙冠松动方向评价动度：Ⅰ度松动——颊（唇）舌（腭）方向松动；Ⅱ度松动——颊（唇）舌（腭）方向和近远中方向松动；Ⅲ度松动——颊（唇）舌（腭）方向、近远中方向和垂直方向松动。

按牙冠松动的幅度评价动度：Ⅰ度松动——松动的幅度在 1mm 以内；Ⅱ度松动——松动的幅度在 1～2mm；Ⅲ度松动——松动的幅度＞2mm。

5. 社区牙周指数（CPI）检查

（1）检查方法：本检查方法需特殊器械在规定的牙上检查。

①器械：其使用的牙周探针尖端为 0.5mm 直径的小球状，目的是检查牙龈出血时，避免因探针头过尖伤及牙龈引起出血产生牙龈炎误诊；距顶端 3.5～5.5mm 的 2mm 范围内为黑色，距顶端 8.5mm 和 11.5mm 2 处有两条环线，目的是测量龈袋或牙周袋深度时便于辨认，有利于探测龈下牙石。

②检查项目：牙龈出血、牙石和龈袋或牙周袋深度。

③方法：将 CPI 探针与牙长轴平行，紧贴牙根，慢慢插入龈袋或牙周袋。同时轻微上下提插探测牙石，并观察牙龈出血情况。探测力控制在 20～25g 最好。

④检查指数牙牙位和牙数：首先将口腔分 6 个区（右上后牙区段、上前牙区段、左上后牙区段、左下后牙区段、下前牙区段、右下后牙区段），要求每区段内有 2 颗或 2 颗以上功能牙，如缺失一颗指数牙或需拔除，则只测一颗指数牙，如无指数牙或均需拔除，可检测区段内其他所有牙，以最严重情况牙计分。6 个区段中最高分值为个人 CPI 分值。

17—14	13—23	24—27
47—44	43—33	34—37

A. 20 岁以上检查牙数为 10 颗

17　16	11	26　27
47　46	31	36　37

B. 20 岁以下检查牙数为 6 颗（避免第二磨牙在萌出过程中产生的假性牙周袋），15 岁以下只检查牙龈出血和牙石情况。

16	11	26
46	31	36

（2）计分标准：0＝牙龈健康；1＝牙龈炎，探诊后出血；2＝牙石，探诊后发现牙石。但探针黑色部分全部露在牙龈袋外；3＝早期牙周病，龈缘覆盖部分探针黑色部分，牙龈袋深度在 4～5mm；4＝晚期牙周病，探针黑色部分全部被牙龈缘遮盖，牙周袋深度 6mm 或以上；X＝除外区段（少于 2 颗功能牙的区段）；9＝无法检查（不记录）。

（3）计分反映治疗需要：0 分＝不需要治疗；1 分＝口腔健康指导；2 分＝洁治术，口腔健康指导；3 分＝根面平整术，口腔健康指导；4 分＝复杂的牙周系统治疗。

二、特殊检查

1. 牙髓活力测试
（1）冷试法
①常用的冷试法是用氯乙烷、小冰棒或二氧化碳雪。
②试验前应向患者说明试验目的和检查时可能出现的感觉，并嘱患者有感觉时抬手示意。
③选择正常的对侧同名牙作对照牙，先测试对照牙，再测试患牙。
④测试前应先用棉花卷或橡皮障严格隔离被测试的牙齿，再用纱布或棉球擦干。
⑤以小冰棒为例，将小冰棒置于患牙唇（颊）面颈 1/3 或中 1/3 处，使它紧密接触牙齿数秒钟。
⑥结果判断标准
正常——与对照牙比较反应相同。提示牙髓正常。

敏感——比对照牙感觉强烈或疼痛，但刺激去除后疼痛即刻消失，为一过性敏感，提示牙髓处于充血状态。刺激去除后疼痛仍持续一段时间，提示牙髓处于炎症状态。

迟钝——比对照牙感觉轻微，提示牙髓可能处于慢性炎症状态、牙髓炎晚期或牙髓变性状态。

无反应——正常冷测试温度及加强测试温度不引起患牙相应反应（即无冷热感）。提示牙髓已经坏死。

（2）热试法
①常用的热试法是采用热牙胶棒、慢速旋转的橡皮轮或热蜡刀进行。
②测试前医嘱、对照牙的选择、测试顺序及测试牙的隔离同冷试法。
③以热牙胶棒为例，隔湿，在擦干的牙面上涂凡士林，将牙胶棒在乙醇灯上烤软（变弯，但不冒烟），置于被试牙的唇（颊）面颈 1/3 或中 1/3 处，观察反应。
④结果判断标准同冷试法。
（3）电活力测验
①使用电牙髓活力计，测试前嘱患者在牙齿出现"麻刺感"时即抬手示意。
②对照牙的选择、测试顺序及测试牙的隔离同冷试法。

③将控制器调节到"0"位,将牙膏涂在牙髓活力计的探头上,再将探头置于测试牙的牙冠唇(颊)面中部。

④结果判断标准

与对照牙相差一定数值则有意义(具体差值因不同厂家的不同产品而异,可参看说明书)。被测牙读数低于对照牙说明敏感,高于对照牙说明迟钝,若达最高值仍无反应,说明牙髓已坏死。

(4)考试质量要求:医嘱说明准确;对照牙选择和测试顺序正确;测试牙隔离完好,测试用具放置部位正确;测试反应描述正确。

(5)测试题

牙髓温度测试

对照牙|5 热测反应为短暂轻度疼痛。

测试牙|5 热测反应为刺激物接触牙面后无感觉,数秒钟后引起剧烈疼痛。

测试牙|5 热测结果记为:敏感(或迟缓性反应痛)。

2.牙周袋探诊

(1)选用扁形或圆锥形钝头刻度探针,采用握笔式,用示指以探测牙的相邻 2～3 颗牙作为支点。

(2)探诊方法有两种:一种为垂直探诊法,探针与牙体长轴平行,从远中探到中央再探近中,以提插行走法进行,每牙探查 6 个点即近中颊点、颊点、远中颊点、近中舌点、舌点、远中舌点。另一种为水平探诊法,应在局部麻醉下进行,主要是探查邻面骨下袋,采用尖锐探针,与牙体长轴垂直。

(3)牙周袋探诊的目的在于了解牙周袋的分布、类型、深度、附着水平,牙龈出血情况,根面牙石情况等。

(4)考试质量要求:要求握持方式和支点选择正确;器械选择正确;探查动作正确;探诊内容正确掌握。

(5)简答题

简述常见的几种牙周袋类型。

答:常见的牙周袋类型为两种,骨上袋和骨下袋。还可以根据累及牙面的情况分为单面袋、复合袋、复杂袋。

3.咬合关系检查

(1)正中咬合关系:上下牙列有广泛均匀的咬合接触关系,上颌中切牙中线与下颌中切牙中线为一直线,上颌第一磨牙近中颊尖咬在下颌第一磨牙颊沟处,上下前牙应有正常的覆𬌗覆盖关系。

(2)干扰检查:仔细检查正中咬合和前伸及侧方咬合时,有无牙尖干扰。

(3)考试质量要求:磨牙和前牙咬合关系描述正确;前牙中线描述正确。

(4)简答题

何谓牙周创伤?

答:由于咬合关系不正常或咬合力量不协调引起的牙周支持损伤,称为牙周创伤。其主要特点是牙槽骨垂直吸收,牙周膜增宽。

4.颞下颌关节检查

(1)颌面部外形检查:仔细观察对比面部左右两侧是否对称、协调;咀嚼肌的发育情况,下颌角、下颌支、下颌体的大小、长度应左右两侧进行比较,颏部中点是否居中,颜面下 1/3 部分有无明显缩短或增长。

(2)关节及咀嚼肌检查

①颞下颌关节:以双手示指分置于耳屏前、髁状突的外侧面,请患者做开闭口运动,以判断髁状突的活动度,有时可感到弹响和摩擦。如将双手小指末端放在两侧外耳道内,对比两侧髁状突运动的差别及有无压痛可协助关节病的诊断。

②咀嚼肌:可依顺序扪压颞肌、咬肌等何处有压痛点;配合患者反复的咬合动作,进行双侧肌肉质地、收缩强度的对比。

③口内扪诊检查:请患者小开口,医生以示指或小指自磨牙后区上方沿下颌升支前缘向上,可扪得颞肌前份肌腱;上颌结节后上方扪及翼外肌下头;下颌磨牙舌侧的后下方、下颌支内侧面可扪及翼内肌下部,并分别进行双侧压痛、质地的比较。

(3)下颌运动检查

①开闭运动:开颌运动时关节两侧运动是对称的,开口型呈"↓",切牙之间保持正常的张口度,闭颌运动时下颌恢复到原咬合位置。

②前后运动:前伸运动也是两侧对称性运动,检查时应注意下颌前伸的距离和前伸时下前牙中线有无偏斜。

③侧方运动:检查时应注意左右侧方运动是否对称,髁状突的活动度是否一致,并对比咀嚼运动中发挥功能的大小。

(4)关系检查:应注意𬌗曲线,有无创伤等;后牙缺失情况及与关节病发生的关系等。

(5)考试质量要求:检查部位要全面准确;扪诊手法准确;检查内容(开口型、张口度、关节动度、弹响、压痛)正确掌握。

(6)简答题

简述颞下颌关节的组成。

答:颞下颌关节由下颌髁状突、颞骨的关节凹与关节结节和位于其间的关节盘与包绕关节周围的关节囊所组成。

5. 下颌下腺检查

(1)原则:应采用两侧对比的方法进行正常解剖形态、大小比较。

(2)扪诊时,患者端坐,医生站在患者的前方或侧方。

(3)下颌下腺须用双手合诊法,检查腺体是否肥大、对称、有无肿块,导管有无结石等。

(4)分泌功能检查:包括定性检查和定量检查。

第3章 基本操作技能

一、离体磨牙Ⅱ类洞(复面洞)制备术

【准备工作】

1. 治疗盘内应放置消毒过的口镜、探针、镊子、裂钻、球钻、倒锥钻及高速、低速涡轮机手机。

2. 离体磨牙。

【操作方法和步骤】

1. 开扩洞口及进入病变区:先用小球钻从𬌗面近中或远中进入到达邻面釉牙本质界,然后直达龈端。

2. 用挖匙和(或)慢速球钻将龋洞内大部分龋坏组织去除。

3. 设计和预备洞的外形。洞缘扩展到健康牙体组织。外形曲线圆缓,避开尖、嵴,邻面洞缘位于接触区以外。

4. 抗力形。深度:1.5～2mm。阶梯结构:轴髓线角圆钝,龈壁与牙长轴垂直,龈壁宽≥1mm。

5. 固位形。鸠尾固位:①鸠尾大小与邻面缺损相匹配;②鸠尾预备应沿𬌗面的窝沟扩展,避让牙尖、嵴和髓角;③鸠尾峡的宽度为颊舌尖间距的1/4～1/3;④鸠尾峡应位于轴髓线角的内侧,𬌗面洞底的𬌗方。梯形固位:邻面预备成龈方大于𬌗方的梯形。同时可预备侧壁固位和倒凹固位。

6. 预备洞缘、清理窝洞。点、线角清楚。

【考试质量要求】

1. 备洞时应间断操作,气雾冷却。

2. 不向髓腔方向加压,以防止意外穿髓。

3. 不能过度加深窝洞。

4. 抗力形和固位形的设计应综合考虑窝洞的部位、大小、窝洞涉及的牙面数、咬合力的大小和不同的修复材料而定。

5. 应先垫底后再做倒凹。

【简答题】

简述 Black 窝洞分类法。

答:Ⅰ类洞:为发生在所有牙面发育点隙裂沟的龋损所备成的窝洞。

Ⅱ类洞:为发生于后牙邻面的龋损所备的窝洞。

Ⅲ类洞:为前牙邻面未累及切角的龋损所备成的窝洞。

Ⅳ类洞:为前牙邻面累及切角的龋损所备成的窝洞。

Ⅴ类洞:所有牙的颊(唇)舌面颈 1/3 处的龋损所备成的窝洞。

Ⅵ类洞:发生在前牙切嵴和后牙牙尖等自洁区的龋损所备成的窝洞。

二、开髓术(以离体牙上颌前磨牙为例)

【准备工作】

1. 治疗盘内应放置消毒过的口镜、探针、镊子、裂钻、球钻及高速、低速涡轮机手机。

2. 离体牙上颌前磨牙、电机、气枪、3%过氧化氢溶液、生理盐水、注射器。

【操作方法和步骤】

1. 术者左手拇指、示指和中指分别固定在上颌前磨牙的颈部和根部,右手以握笔式持手机,右手小指固定在左手中指或环指上做支点,支点要稳固。

2. 用裂钻或球钻自𬌗面中央钻入,进入牙本质深层后,向颊舌尖方向扩展,形成一个颊舌径长,近远中径短的长椭圆形髓室入口外形,暴露颊、舌髓角,自髓角处进入髓室,可有落空感(老年人前磨牙有时无落空感)。进入髓室后,可改用球钻,以提拉方式揭除髓室顶。根管口一定要暴露清楚。

3. 不能形成台阶;髓室顶要揭干净,髓室底要保持自然形态,不能有损伤。

4. 形成的洞形不可过大或过小,以不妨碍进入根管口为准,制洞口时不得损伤牙尖或嵴。

【考试质量要求】

器械握持方法,支点的方法及支点牙的选用,操作程序要准确,牙上的开髓口的位置及洞形要符合牙体解剖形态;髓室顶要揭干净,根管口一定要暴露清楚,髓室底要保持自然形态,不能有损伤。

【简答题】

开髓术操作应注意什么?

答:(1)必须熟悉髓腔解剖形态、牙体形态、髓角的位置,以便确定入髓口的外形和大小。

(2)握持手机要正确,支点要稳固,钻针应与牙长轴平行。

(3)不得侧穿髓室壁和形成台阶,髓室底不能有损伤,更不能穿通髓室底,在老年人前磨牙开髓时应特别注意此点。

三、龈上洁治术(以手持器械洁治 $\overline{321}$)

【准备工作】

1. 询问病史　了解患者有无出血性疾病及其他系统疾病,并做血液常规检查,如血小板计数、出凝血时间等。

2. 物品准备　治疗盘内应放置消毒过的口镜、探针、镊子、镰形洁治器 2 件、锄形洁治器 2 件(1 对)、慢速机头、磨光器、抛光剂、手套、棉签。另备 0.1%氯己定液或 3%过氧化氢溶液、生理盐水、1%碘酊及 1%碘甘油。

【操作方法和顺序】

1. 医患体位　使用卧式牙科椅,患者上颌牙列与地平面成 90°,如为油泵牙科椅,则患者下颌牙列与地平面平行,高度与医生肘部相齐。术者位于右前方或右后方,调节好灯光。

2. 消毒 术前应让患者用 0.1%氯己定液漱口,术区 1%碘酊消毒。

3. 器械握持法 分为握笔法、改良握笔法、掌拇法。常用的是改良握笔法。即将中指和环指紧贴作支点,中指指端还用作引导操作的方向。口内支点应尽量靠近治疗区,支点必须稳固,不得在用力时失去支点。

4. 操作方法和步骤

(1)用口镜拉开唇部软组织显露手术区,以改良握笔法握好洁治器,在邻牙上作支点。

(2)先将洁治器的前缘尖端置于 $\overline{3}$ 远中龈上牙石的根方,器械的干要与牙长轴方向一致,器械的工作面与牙面的角度为 80°,紧贴牙面,不可伤及牙龈,向前至 $\overline{1}$ 。要用腕力,以支点为中心,力传至器械。用力方向应向冠方,如在邻面可向颊舌水平方向,不得向牙龈方向用力。要使牙石整块剥脱,切勿层层刮削。个别精细部位可用指力。

(3)然后从 $\overline{1}$ 的近中开始以上述同样方法依次洁治到 $\overline{3}$ 的近中。

(4)用锄形洁治器刮除 $\overline{321}$ 颊面牙石。

(5)舌侧操作方法与颊侧相同。

5. 术后检查 用探针仔细检查牙石是否去尽,牙龈有无损伤。

6. 抛光 用磨光器蘸磨光剂抛光牙面。

7. 冲洗及上碘甘油 最后用 3%过氧化氢溶液冲洗,上 1%碘甘油。

【考试质量要求】

器械的选择、握持及支点必须准确,用改良握笔法操作;医患体位必须正确,术后须自行仔细检查牙石是否去净。

【简答题】

龈上洁治操作时应注意哪些方面?

答:(1)适应度:洁治器工作端必须与牙面相适应,与软组织相适应。

(2)角度:洁治器工作端与牙面放置的角度应是最有效的切削角。

(3)洁治动作:根据临床需要,采用垂直、水平、斜向等方向均可,但应控制好动作的大小和力度,以不损伤牙龈为准。

四、口内缝合术

口内手术很多,因病因不同,手术方法不同,缝合方法也各异。

【准备工作】

1. 缝合器械 持针器、缝针及缝线(应为黑色)、线剪、有孔巾一条和敷料。

2. 麻醉 用 2%利多卡因或 4%阿替卡因局部浸润麻醉。

3. 消毒和铺巾 先用 0.1%氯己定漱口液含漱,再用 75%酒精口周消毒,铺消毒巾。

【操作方法和步骤】

1. 打结 可以用器械打结,也可以手工打结,为防止结松脱,应打外科结。

2. 缝合方法

(1)间断缝合

①适应证:将颊舌侧牙龈乳头在邻间隙直接拉拢缝合或黏膜创口两侧直接拉拢缝合,适用于颊舌两侧龈瓣高度和张力基本一致时的牙间间断缝合;黏膜外伤时无明显组织缺损时的直

接拉拢缝合。

②方法：从创面两侧游离方进针，穿过相对固定方，返回到游离方打结。保证创口对接良好，两侧进针处距创口距离应尽量一致。本法包括直接式间断缝合和交叉式间断缝合。

（2）悬吊缝合

①适应证：利用被手术牙来固定该牙两侧两个龈乳头的双乳头悬吊缝合；涉及多个牙的手术区颊舌两侧龈瓣复位高度不一致的单侧连续悬吊缝合和涉及多个牙的手术区颊舌两侧龈瓣复位高度一致的双侧连续悬吊缝合。还有单乳头悬吊缝合、游离龈悬吊缝合。

②方法：基本方法是从龈表面进针，利用相邻牙齿将黏膜瓣悬吊固定，可缝单个龈乳头、两个龈乳头或多个龈乳头。

（3）褥式缝合

①适应证：常用于龈乳头较宽或两牙之间缝隙比较大时。包括水平褥式缝合、垂直褥式缝合、交叉褥式缝合。

②方法

水平褥式缝合：缝针从一侧组织内进入，平行于创口在组织内穿行一段距离后穿出组织，跨过创口，在同位点处再次进入组织，平行于创口穿行同样距离后穿出，与另一侧打结。

垂直褥式缝合：缝针从一侧龈组织内进入，垂直于创口在组织内穿行一段距离后穿出组织，绕过相邻牙舌侧面，将另一龈乳头按同样方法缝合，双侧打结固定。

交叉褥式缝合：不能用于牙周手术。为间断缝合法的二针连缝法。

（4）锚式缝合

①适应证：用于有牙缺失区手术时缺牙侧龈瓣或最后磨牙远中做的楔形瓣的缝合。

②方法：缝针从一侧瓣组织的黏膜面进入穿出后，从对侧绕过邻牙牙冠，再从对侧瓣组织创面侧穿过，然后两侧缝线打结固定。

【考试质量要求】

不管哪种缝合方法，在缝合完成后一定要仔细检查组织瓣是否紧密贴合骨面、创缘有否卷曲、张力是否适中、暴露的骨面是否已经完全覆盖等，最后要轻压创面周围检查是否有出血。

【简答题】

简述悬吊缝合的适应证。

答：利用被手术牙来固定该牙两侧两个龈乳头的双乳头悬吊缝合；涉及多个牙的手术区颊舌两侧龈瓣复位高度不一致的单侧连续悬吊缝合和涉及多个牙的手术区颊舌两侧龈瓣复位高度一致的双侧连续悬吊缝合。

五、牙拔除术（含麻醉）

【操作方法和步骤】

（一）口腔局部麻醉

1. 常用局部麻醉药物

（1）普鲁卡因、利多卡因、布比卡因和丁卡因的临床药理学特点：

①普鲁卡因：属酯类局麻药，效果确切，毒副作用小，血管扩张作用较强，偶可引起过敏反应。

②利多卡因:酰胺类局麻药,局麻作用和毒性均强于普鲁卡因,有较强的组织穿透性和弥散性,临床常用含 1:100 000 肾上腺素的 1%～2% 利多卡因。

③布比卡因:酰胺类局麻药,持续时间是利多卡因的 2 倍、麻醉强度是利多卡因的 3～4 倍。

④丁卡因:属酯类局麻药,穿透力强,常用于表面麻醉,由于毒性大不能用于浸润麻醉。

(2)血管收缩药在局麻药液中使用的作用机制和临床安全有效浓度

①机制:有利于延缓吸收,使局麻时间延长,毒性减低,减少注射部位出血。

②安全有效浓度:健康人用含 1:100 000 肾上腺素的 1%～2% 利多卡因每次最大剂量为 20ml(肾上腺素 0.2mg),有心血管疾病者为 4ml(肾上腺素 0.04mg)。

2. 常用局部麻醉方法

(1)表面麻醉:将麻醉药涂布或喷射于手术区表面,药物吸收后使末梢神经麻痹,以达到痛觉消失的效果。

(2)浸润麻醉:将麻醉药注射入组织内,起作用后使末梢神经麻痹,以达到痛觉消失的效果。

①骨膜上浸润法:将麻醉药注射到牙根尖部位的骨膜浅面。

②牙周膜注射法:用短而细的针在牙的近中或远中刺入牙周膜麻醉牙及牙周组织。

(3)上牙槽后神经、眶下神经、腭前神经、鼻腭神经、下牙槽神经、舌神经、颊神经的阻滞麻醉:将麻醉药注射到神经干或其主要分支附近,阻断神经末梢传入的刺激,使该神经分布区域痛觉消失。

①上牙槽后神经阻滞麻醉:麻醉区域包括除第一磨牙颊侧近中根外的同侧所有磨牙、牙槽突、颊侧牙周膜、骨膜、牙龈及黏膜。分为口内注射法和口外注射法两种。

②眶下神经阻滞麻醉:麻醉区域包括同侧下睑、鼻、眶下区、上唇、上颌前牙和前磨牙及唇颊侧的牙周膜、骨膜、牙龈及黏膜。

③腭前神经阻滞麻醉:麻药注入腭大孔,麻醉区域包括同侧磨牙和前磨牙腭侧的黏骨膜、牙龈、牙槽突等。行腭大孔麻醉注射时有时因麻药过量,注射点偏后而同时麻醉了腭中、后神经,引起软腭、腭垂麻痹而出现恶心和呕吐。

④鼻腭神经阻滞麻醉:麻药注入腭前孔(切牙孔),麻醉区域包括两侧尖牙腭侧连线前方的牙龈、腭侧黏骨膜、牙槽突。

⑤下牙槽神经、舌神经、颊神经的一次阻滞麻醉:下牙槽神经阻滞麻醉的麻醉区域包括同侧下颌骨、下颌牙、牙周膜、前磨牙至中切牙唇颊侧黏骨膜、牙龈、下唇部;舌神经阻滞麻醉的麻醉区域包括下颌舌侧黏骨膜、牙龈、口底黏膜及舌前 2/3 部分;颊神经阻滞麻醉的麻醉区域包括同侧下颌磨牙的颊侧黏骨膜、牙龈、颊部黏膜、肌肉、皮肤。

(4)各类牙拔除术的麻醉选择

①同时行下牙槽神经、舌神经、颊神经的阻滞麻醉可用于同侧下颌全部牙齿的拔除。

②上颌前牙拔除唇侧采用局部浸润麻醉或眶下神经阻滞麻醉,腭侧采用鼻腭神经阻滞麻醉,尖牙拔除因远中有时会与腭前神经交叉必要时加用局部浸润。

③上颌前磨牙拔除颊侧采用局部浸润麻醉或眶下神经阻滞麻醉,腭侧采用腭前神经阻滞麻醉。

④上颌磨牙除第一磨牙颊侧近中根需加局部浸润麻醉外,颊侧行上牙槽后神经阻滞麻醉,

腭侧行腭前神经阻滞麻醉。

3. 局部麻醉的并发症及其防治

（1）晕厥：一种突发性、暂时性意识丧失。处理包括术前心理疏导，出现时保持呼吸道通畅，氨水刺激，氧气吸入，静脉注射高渗葡萄糖液。

（2）中毒：因用药量或单位时间内注射入的药量过大引起。轻者保持呼吸道通畅，可自行缓解。重者给氧、补液、抗惊厥、应用激素和升压药等。

（3）过敏反应：分为延迟反应（多为血管神经性水肿等）和即刻反应。轻者吸氧、钙剂、异丙嗪、糖皮质激素肌注或静脉注射。重者给氧、立即注射肾上腺素。

（4）感染：因注射针污染、局部消毒不严等引起。抗炎处理。

（5）血肿：常见于上牙槽后神经、眶下神经阻滞麻醉。一出现血肿立即压迫和冷敷，出血停止改为热敷。酌情给予抗生素和止血药。

（6）神经损伤：表现为感觉异常、神经痛或麻木。可采用理疗，损伤早期给予激素、维生素 B_1 或维生素 B_{12}。

（7）暂时性面瘫：因行下牙槽神经阻滞麻醉时注射针偏向内后，麻药注入腮腺内麻痹了面神经所致。麻药作用消失后即可恢复。

（8）暂时性牙关紧闭：比较罕见，是由于麻药注入翼内肌或咬肌所引起。可自行恢复。

（二）牙拔除术

1. 牙拔除术的基本知识

（1）拔牙的适应证和禁忌证

①适应证：无法有效治疗的龋坏牙齿；无法保存的患根尖周病的牙；晚期已无法治疗的重症牙周病牙；牙根纵裂、根折而无法保留的牙；内吸收的牙；常引发冠周炎等的阻生牙和引起邻牙疼痛的埋伏牙；滞留乳牙等。

②禁忌证：心脏病包括近期发生心肌梗死、心绞痛者，心功能Ⅲ～Ⅳ级，心脏病合并高血压患者血压≥180/100mmHg，有Ⅱ度或Ⅲ度Ⅱ型房室传导阻滞者；收缩压高于160～180mmHg或舒张压高于100～110mmHg的高血压患者应先治疗高血压后再拔牙；急性白血病为绝对禁忌；出血性疾病如原发性血小板减少性紫癜、血友病等，急性肾病、急性肝炎、急性炎症期等暂缓拔牙；妊娠前和后3个月暂缓拔牙；放射治疗后3～5年内不应拔牙。

（2）拔牙前的准备：患者术前思想准备，术前检查，病人体位准备，手术区准备，器械准备。

（3）拔牙器械及用法：拔牙钳、牙挺、刮匙、牙龈分离器。其中牙挺又分为牙挺、根挺、根尖挺，其工作原理包括杠杆原理、楔原理、轮轴原理，注意事项包括绝对禁止以邻牙为支点、一般不能以牙龈缘水平处的颊侧骨板及舌侧骨板为支点、用手指保护防止牙挺滑脱。

2. 牙拔除术的基本步骤和方法　基本步骤和方法：分离牙龈，挺松患牙，安放拔牙钳包括正确选用、安放、夹紧牙体、肯定不会伤及邻牙、再一次核对牙位，可用扭转、摇动、牵引等方法拔除患牙，最后是拔牙创的检查与处理。告知患者拔牙后注意事项。

3. 各类恒牙拔除术的特点

①上颌切牙用摇动及旋转力量，侧切牙应使用较小的牵引拔出力量。

②上颌尖牙先用摇动力量，再加旋转力量并向唇侧及𬌗面牵引拔出。

③上颌前磨牙用颊腭向摇动力，向腭的力量应较小。避免使用旋转力。

④上颌磨牙主要用摇动力，不能用旋转力，牵引拔出的方向是向颊及𬌗面。

⑤下颌前牙要充分摇松后再用牵引力量,下尖牙可稍用旋转力。

⑥下颌前磨牙主要用摇动力,可试加用旋转力,牵引拔出的方向是向颊及殆面。

⑦下颌磨牙用摇动力量,牵引拔出的方向是向颊侧。

4．牙根拔除术

(1)残根和断根的概念:残根是遗留在牙槽窝内时间较久的牙根,较易拔除;拔牙术中折断的牙根称断根,较难拔除。

(2)牙根拔除术的手术原则:各种断根应该在进行拔牙术的同时拔除;部分折断面较高的外伤牙及已经根管治疗且稳固的牙根可以保留;拔除术前要充分了解断根情况;必须在直视的情况下进行牙根拔除术。

(3)牙根拔除术的方法:根钳拔除法、牙挺拔除法、翻瓣去骨法。

5．阻生牙拔除术

(1)阻生牙的概念:指在各种原因(骨组织或软组织阻碍等)的影响下使之只能部分萌出或完全不能萌出且以后也不能萌出的牙。

(2)下颌阻生牙(第三磨牙)的临床分类。

①根据阻生智齿长轴与第二磨牙长轴的关系分为垂直阻生、水平阻生、近中阻生、远中阻生、颊向阻生、舌向阻生、倒置阻生。

②根据与下颌支和第二磨牙的关系分为Ⅰ类(下颌支前缘和第二磨牙远中面之间可以容纳智齿牙冠近远中径者)、Ⅱ类(下颌支前缘和第二磨牙远中面之间不可以容纳智齿牙冠近远中径者)、Ⅲ类(智齿的大部或全部位于下颌支内)。

③根据智齿在骨内的深度分为高位(智齿最高处位于殆平面之上或平齐)、中位(智齿最高处位于殆平面之下,高于第二磨牙颈部)、低位(智齿最高处处于第二磨牙颈部)。

④根据在牙列中的位置分为颊侧移位、舌侧移位、正中位。

(3)下颌阻生第三磨牙拔除术的手术适应证、术前检查、阻力分析、手术设计和手术方法。

①适应证:防止第二磨牙牙周破坏,有龋坏,预防冠周炎,防止疼痛产生,预防邻牙牙根吸收,预防牙源性囊肿的发生。

②术前检查:口外检查、口内检查、X线摄片检查。

③阻力分析:包括牙冠部阻力、牙根部阻力、邻牙阻力。

④手术设计:麻醉方法及药物选择,黏骨膜瓣的设计,选择消除阻力的方法,确定劈开的部位和去骨量,估计牙脱位的方向。

⑤步骤:麻醉、切开及翻瓣、去骨、劈开。

(4)上颌阻生第三磨牙拔除术的适应证:智齿发生龋坏;与邻牙之间出现食物嵌塞;无对颌牙且伸长;反复发生冠周炎;咬颊或摩擦颊黏膜;引起第二磨牙龋坏或疼痛;妨碍下颌冠突运动;妨碍义齿制作或戴入。

6．拔牙创的愈合过程　拔牙创出血及血凝块形成;血凝块机化;骨组织修复;上皮覆盖拔牙创。

7．拔牙并发症及其预防

(1)术中并发症及其防治

①软组织损伤:安放牙钳要仔细,牙龈分离要彻底,正确设计足够大的黏骨膜瓣,牙挺用力适当并要保护好。

②骨组织损伤：用牙钳拔牙时忌用暴力，以防止骨板折断。

③口腔与上颌窦交通：利用鼻腔鼓气法测试，2mm 左右的穿孔可拔牙后正常处理待其自愈，2～6mm 的最好再加上拔牙创口"8"字缝合，大于 7mm 的采用邻近黏骨膜瓣转瓣术关闭窗口。

④下颌骨骨折：少见，出现后要明确诊断，按下颌骨骨折处理。

⑤邻牙和对颌牙损伤及颞下颌关节脱位。

⑥神经损伤：可能损伤的神经包括颊神经、舌神经、鼻腭神经、颊神经、下牙槽神经。鼻腭神经和颊神经主要是在翻瓣术时易损伤，下牙槽神经损伤后出现下唇及颏部麻木或感觉异常，可给予地塞米松及维生素 B_1、维生素 B_6、维生素 B_{12} 等。

⑦术中出血：原因包括全身因素，五类具有导致持续性出血的药物（有人称 5A）如阿司匹林、抗凝血药、抗生素、酒精、抗癌药物。如出现出血要求术中尽量减少创伤，采用加压止血等措施。

⑧断根和根移位：处理参照断根拔除方法。

（2）术后并发症及其防治

①拔牙术后出血：局部出血可用缝合或碘仿纱条加压止血，全身因素引起的出血则与专科医生合作确诊后针对性全身处理。

②感染：主要由存留的异物引起，故要彻底清创，冲洗创口。

③疼痛：给予镇痛药。

④干槽症：病因包括感染学说、创伤学说、解剖因素学说、纤维蛋白溶解学说。主要表现为术后 2～3 天出现疼痛，止痛药效果不佳，残留的血凝块已腐败坏死。处理原则迅速止痛，彻底清创，促进肉芽组织生长。愈合时间为 1～2 周。

⑤面颊部肿胀：抗生素预防感染，术后冷敷。

【考试质量要求】

1. 麻醉要求　注射点要准确；进针方向、行针过程要符合要求；一定要回抽无血后方可注射麻醉药，注射量 2～3ml。

2. 拔牙术要求　严格掌握适应证和禁忌证，明确为什么拔牙，拔哪个牙，现在能否拔牙，选择正确的拔牙器械，掌握严格的无菌操作规范，拔牙过程要认真仔细，尽量减少创伤，拔牙后医嘱要交代清楚。

【简答题】

简述上牙槽后神经阻滞麻醉口外注射法操作要点。

答：用手指扪出颧牙槽嵴，拇指放在颧骨下缘与上颌骨颧突形成的交角处，选用 4～5cm 长的注射针，在交角处进针，刺入直达骨面，然后向上、内、后方向进针 2cm，回抽无血即可注射麻醉药 2～3ml。

六、颌面部绷带包扎技术（十字法、单眼法）

【处理原则】

1. 压力在符合疾病包扎要求的同时尽量做到适度、均匀，必须消灭无效腔防止出血。

2. 在保证严密、稳定的基础上，做到舒适、美观，便于清洁。

3. 做到经常检查,如出现松动、脱落要及时加固或更换,渗出太多时要及时加厚。

【分类及作用】

颌面部包扎技术所用绷带包括普通类、弹性类和石膏绷带;主要用于保护术区和创面,固定敷料,防止出血和疼痛,减轻水肿,防止或减轻骨折错位,同时起到保温作用。

【操作方法和步骤】

1. 十字法(交叉十字绷带)

(1)适应证:主要用于颌面部、颈上部术后和损伤的创口包扎。具体包括腮腺区、耳前后区、下颌下区、颏下区。特点是固定范围广,不易滑脱,属于口腔颌面外科应用最广泛的包扎方法之一。

(2)方法和步骤:用绷带先由额至枕部环绕两周,继而反折经一侧耳前腮腺区向下,再经颌下、颏部至耳后向上,再经顶部向下至同侧耳后绕颌下、颏部至对侧耳前;如此反复缠绕,最后再如前做额枕部环绕,以防绷带滑脱。

2. 单眼法

(1)适应证:主要用于眼、耳、半侧头部、上颌骨及面颊部外伤或手术后的创口包扎。

(2)方法和步骤:先在需露出的眼睛附近靠鼻根健侧置一截 30cm 左右的纱布条或绷带条,同时在患侧眼眶周围、耳前后同样垫上纱布卷(目的是防止包扎时由于压迫眼球和耳郭引起眼、耳疼痛)。将绷带先在枕部水平绕两圈,再从枕骨粗隆经患侧耳下并斜行向上经同侧颊部、眶下、鼻背至健侧眶上,绕过顶骨隆突,回到枕骨粗隆下。同样重复数圈,每圈必须覆盖前一层绷带的 1/3～1/2,直至将创口包好为止,缠绕完毕后将健侧眼部预置的绷带条或纱布条打结,露出健康眼。

【考试质量要求】

1. 在包扎时,尤其是下颌下区和颈部包扎时要特别注意压力要均匀适度,以防止组织受压引起坏死;保持呼吸道通畅,防止气管和喉头受压。

2. 无菌创口要严格无菌操作;整形术后创口包扎压力要适中以保持血运;腮腺区创口包扎要求能插入一横指并富于弹性防止涎漏发生;骨折已经复位的创口包扎时要稳固,不得引起错位;切开引流创口不宜过紧以便保持引流通畅。

【简答题】

绷带包扎的目的是什么?

答:主要用于保护术区和创面,固定敷料,防止出血和疼痛,减轻水肿,防止或减轻骨折错位,同时起到保温作用。

七、牙槽脓肿切开引流术

【目的和作用】

能使脓液和腐败产物尽快排出,起消炎解毒和预防感染扩散的作用;能减轻甚至消除疼痛和肿胀,降低张力,起预防窒息发生的作用。

【适应证】

(1)出现剧烈的搏动性跳痛,肿胀明显,有压痛点和波动感,穿刺抽得脓液时。

(2)足量抗生素仍无法控制的急性化脓性感染,并伴有明显的全身中毒症状时。

(3)炎症累及多个间隙,出现呼吸困难和吞咽困难时,应尽早行切开引流术。

(4)结核性寒性脓肿应在局部和全身抗结核药物治疗无效,且已快要自溃,必要时可切开引流。

【操作方法和步骤】

1. 消毒,局部麻醉。

2. 选择前庭沟肿胀最明显处作为切开部位,切至黏膜下即可,然后用血管钳进入脓腔内钝性分离扩大创口。

3. 根据脓肿的深浅位置和脓腔的大小选择合适的引流方法。常用碘仿纱条或橡皮片引流。

4. 每日更换敷料时用3%过氧化氢液和生理盐水冲洗脓腔。

【考试质量要求】

1. 切口位置应在脓肿的低位。

2. 一般首选口内切口,如必须口外切口,应尽量选择愈合后瘢痕隐蔽处。

3. 为保证引流通畅,应有合适的深度和长度。

4. 常规切至黏膜下或皮下即可。

5. 置入合适引流条,口内脓肿引流用碘仿纱条或橡皮片,口外引流用盐水纱条、橡皮片或乳胶管。

【简答题】

引起口腔颌面部化脓性感染的常见病原菌有哪些?

答:常见病原菌包括金黄色葡萄球菌、溶血性链球菌、大肠杆菌。因病原菌不同口腔颌面部感染又可分为化脓性和特异性(梅毒、结核、放线菌等)两种。

八、牙列印模制取

【准备工作】

取模型前应备好口镜、探针、镊子,口杯、托盘,以及酒精灯、火柴、印模材料、石膏、橡皮碗、调拌刀、平钳、模型修整机等。

【操作方法和步骤】

1. 选择托盘 取模型前要按患者牙弓的长、宽、高度,缺牙区牙槽嵴的高度,缺牙的数目、部位和印模材料的不同,选择合适的托盘。要求托盘与牙弓内外侧应有 3~4mm 的间隙,以便能容纳足够的印模材料。其翼缘应距黏膜皱襞约 2mm,不妨碍唇、颊、舌的活动。成品托盘可进行适当的修改,上颌托盘的长度应盖过两侧翼上颌切迹,超过颤动线 3~4mm。下颌托盘后缘应盖过磨牙后垫区。如果成品托盘不能适合口腔内的条件,如游离端缺失或缺隙过大时,可先用自凝树脂或印模材料制作个别托盘。如差异不是很大,可用技工钳调改或用蜡添加托盘的边缘长度或深度。

2. 制取印模方法

(1)体位:让患者舒服地坐在手术椅上。取下颌印模时,患者头稍后仰,下颌与医生的上臂中份大致相平,张口时下颌牙列与地平面平行,术者位于患者右前方。取上颌印模时,患者头稍前倾,上颌与医生的肘部相平或略高,张口时上颌牙列与地平面平行,术者位于患者的右后方。

(2)制取印模:在选择合适的托盘中,盛入调拌好的印模材料备用。取上颌印模时,术者位于患者的右后方,用左手持口镜拉开左侧口角,在倒凹区、较高的颊间隙处,上颌结节区、高穹隆者的硬腭上用右手指放置适量的印模材料,然后右手将盛入印模材料的托盘以旋转方式从左侧口角斜行旋转放入口内,对正牙列,并使托盘柄对准面部中线,均匀加压,使托盘就位,在印模材料硬固前保持托盘固定不动,迅速用左手将上唇、左侧颊部软组织向前、下牵动做肌功能修整,然后左手持托盘,用右手做同样的肌功能修整。完成后用双手中指和示指在双侧前后磨牙区固定托盘,待印模材料硬固后,将印模取出,不能有脱模或变形。制取下颌印模的方法与取上颌印模方法相同,只是术者站在患者的右前方,托盘从右侧口角进入。主动肌功能修整时,可让患者轻抬舌前伸和左右摆动,以防产生气泡,但不可用力抬舌尖。印模要清晰完整,无气泡,包括牙列、牙槽骨、系带切迹,边缘伸展适度。

(3)灌注模型:将石膏与水按产品说明要求的比例调拌均匀,取少量调好的石膏从腭顶或舌侧较高的部位放入,轻振托盘,使石膏流满整个印模,将多余石膏堆积在玻璃板上,翻转印模置于其上,托盘底与玻璃板平行,待石膏凝固后,小心取出模型,在模型机上修整完成。

【考试质量要求】

选择合适托盘;患者与术者体位正确,取印模前的医嘱阐述清楚;熟悉托盘就位的方向(上颌或下颌);肌功能修整准确;确保印模质量。

【简答题】

取印模应注意的问题有哪些?

答:不管用何法制取印模,在印模材料固化前都应该保持稳定不动,以避免印模发生变形。印模由口内取出时,应先取脱后部,再沿牙长轴方向取下印模,防止材料和托盘分离。印模取出口外后,对照口内进行检查,印模要清晰完整,无气泡,包括牙列、牙槽骨、系带切迹,边缘伸展适度。印模上的小气泡可用印模材料填补,而较薄弱的印模,边缘必须用印模材料加固,用清水轻轻冲洗掉涎液和碎屑,将水分吸干后,立即灌模。

九、后牙邻𬌗面嵌体的牙体预备

【基本要求】

去尽腐质,预备成具有固位形和抗力形的洞形(要求:无倒凹、预备洞缘斜面、预备辅助固位形)。牙体预备的方法:去龋、预防性扩展、固位形和抗力形的制备。

【操作方法和步骤】

1. 根据牙体缺损的具体情况,按固位和抗力要求设计合适的嵌体洞形方案。

2. 去尽缺损处的腐质和无基釉,要尽可能多的保留健康牙体组织,同时对于对颌可能影响嵌体修复的过长、过锐或形态异常的牙尖和边缘嵴进行适当的调磨。

3. 选择合适的钨钢裂钻或金刚砂平头锥形钻针,按根据缺损的边缘位置和深度设计的方案,沿𬌗面发育沟预备鸠尾洞形,鸠尾峡部宽度不大于𬌗面的1/2,边缘与正中咬合接触点距离至少为1mm。

4. 可以在𬌗面沟、裂、点隙处做适当的预防性扩展。

5. 洞形无倒凹,底平、线角清楚,所有轴壁只能有同一个就位道,通常可外展6°。洞深一般 2～3mm。

6. 多数情况在洞缘处预备 45°洞缘短斜面,宽度为 1.5mm。

7. 用锥形金刚砂钻针预备邻面片切面,片切面可与牙长轴平行或向殆方聚拢 2°～5°。其颊舌侧边缘应达自洁区,不能破坏邻牙接触点。

8. 用裂钻在片切面上预备 1mm 深的箱状洞形,洞缘处预备 45°洞缘短斜面,龈壁应在片切面内。

9. 精修完成。

【考试质量要求】

1. 准确把握适应证。

2. 既要按固位和抗力要求设计合适的嵌体洞形,又要尽可能多的保留健康牙体组织。

3. 在局部麻醉下进行活髓牙的牙体预备,完成预备后要暂封窝洞。

4. 避免倒凹,有统一的就位道。

【简答题】

牙体缺损嵌体修复治疗的固位原理是什么?

答:主要靠机械摩擦力、动态的约束力、化学性粘结力。常用的固位方法包括环抱固位形、钉洞固位形、沟固位形、洞固位形。

十、后牙铸造全冠的牙体预备

【适应证和禁忌证】

1. **适应证**　后牙牙体严重缺损,固位差;后牙需要修复体恢复正常解剖外形、咬合、邻接及排列关系者;固定义齿的固位体;可摘义齿的基牙缺损需要保护。

2. **禁忌证**　金属过敏病史的患者;不愿意暴露金属的患者;牙冠缺损而无法形成合适的固位形、抗力形者;对颌牙伸长或咬合过低形成修复空间过短者。

【操作方法及步骤】

1. **颊舌面预备**　颊舌面预备的目的是消除倒凹,将轴面最大周径线降到全冠的边缘处,并预备出金属全冠需要的厚度。一般先用锥形或柱状金刚砂钻针在颊、舌面各预备 3 条深约 1mm 的指示沟,然后完成颊舌面预备,殆向聚合度为 2°～5°。

2. **邻面预备**　邻面预备的目的是消除患牙邻面的倒凹,与邻牙完全分离,形成协调的戴入道,预备时先以细锥状金刚砂钻针通过邻面,然后用锥形金刚砂钻针预备出全冠修复材料所要求的邻面空隙,两邻面殆向聚合度为 2°～5°。

3. **殆面预备**　殆面预备的目的是为铸造金属全冠提供殆面间隙,一般以 1mm 为佳,以便提供修复体建立正常殆关系所需的足够的间隙。先用直径为 1mm 的球形金刚砂钻针或刃状磨石在殆面磨出几个 1mm 的定深窝或定深沟,以此为标准深度按殆面解剖形态均匀磨切,保持殆面正常外形。注意预备出牙尖的功能斜面,尤其是功能尖外斜面要形成一宽斜面,保证足够的咬合间隙。可用 8 层咬合纸或软蜡片检测深度是否合适,要求在正中殆、前伸殆和侧方殆时均有足够的间隙。

4. **轴面角预备**　用金刚砂钻针平行牙体长轴切割,消除 4 个轴面角,使牙体表面与邻面协调。

5. 颈部肩台预备　铸造金属全冠的颈部预备关系到冠的固位、牙周、牙体组织的健康、冠边缘的封闭及修复的长期效果。非贵金属铸造全冠颈部通常为 0.5～0.8mm 宽，呈圆凹形或带斜面的肩台形。贵金属铸造金属全冠肩台一般为 0.35～0.5mm 宽。边缘应连续一致、平滑而无粗糙面和锐边。

6. 精修完成　用柱状金刚砂钻针将各轴面角、边缘嵴处的线角磨圆钝，消除尖锐交界线，磨光局部粗糙面。最后用细砂圆片或橡皮轮、橡皮尖低速下将所有预备的牙面磨光滑。

【考试质量要求】

1. 轴壁无倒凹，轴面角和边缘嵴圆滑。

2. 肩台除宽度合适外，还要求均匀、平滑。

3. 颊舌面及邻面聚合角为 2°～5°。

4. 在正中𬌗、前伸𬌗和侧方𬌗时𬌗面均有足够的间隙。

【简答题】

简述金属全冠分类。

答：后牙铸造全冠、锤造全冠、CAD/CAM 金属全冠。

十一、BASS 刷牙法（水平颤动法）

【定义与适应证】

1. 定义　是一种有效去除龈沟附近和邻间隙牙菌斑的方法。

2. 适应证　适用于去除邻间区、牙颈部、暴露的根面区及龈沟内的牙菌斑，特别适用于牙周手术的患者。

【操作方法和步骤】

1. 手持刷柄，刷毛端直指龈沟，约与牙体长轴呈 45°角。然后轻压使刷毛进入龈沟内，但不能使刷毛弯曲。

2. 以短距离近远中向拂刷来回颤动牙刷 4～5 次，颤动时牙刷移动仅约 1mm，毛端不能离开龈沟。

3. 将牙刷移至下一组牙（2～3 颗），重复上述过程，使全口所有牙齿都能拂刷到（前牙舌腭侧面除外）。

4. 前牙舌腭侧面牙刷放置方法：牙刷竖放在前牙舌腭侧面，让刷毛垂直指向并进入龈沟，做上下的颤动。

每次移动牙刷时应有适当的重叠以免遗漏牙面。

【简答题】

简述 BASS 刷牙法的缺点。

答：过度的刷牙可以使短距拂刷变成为强力摩擦造成牙龈缘损伤。

十二、窝沟封闭术

【概念】

1. 定义　不去除牙体组织，在𬌗面、颊面或舌面的点隙裂沟涂布一层粘结性树脂，形成保护屏障,阻止食物碎屑、细菌及其酸性代谢产物等进入窝沟,达到预防龋病发生的一种有效防龋方法。

2. 窝沟解剖形态及患龋特点

(1)形态:前磨牙有一条主沟和3～4个点隙,磨牙有分散于几条发育沟中的十几个点隙。窝沟解剖形态分为浅、宽的V形沟和深而窄的I形沟。

(2)易患龋的原因:其解剖形态容易为细菌聚集定殖;其深度不能直接为患者与专业人员清洁所达到;点隙裂沟口被有机塞阻挡。窝沟龋首先发生在窝沟壁而非窝沟底。

3. 封闭剂组成、类型及特点

(1)组成:主要采用Bis-GMA或氨基甲酸乙酯配方。组成包括树脂基质、稀释剂、引发剂。

(2)类型:按固化方式分为光固化和自凝固化两种。目前常用的是光固化窝沟封闭剂。

4. 酸蚀的作用 用30%～40%的磷酸使牙釉质表层丧失最小而酸蚀树脂突最大,恒牙酸蚀30s,乳牙酸蚀1min,就可以达到理想的粘结效果。

【适应证和禁忌证】

1. 适应证 窝沟深而窄,包括无墨浸状的可疑龋;患者对侧同名牙已经患龋;或有患龋倾向的磨牙及前磨牙;𬌗面良好充填体周围存在窄而深的窝沟。乳磨牙在3～4岁、第一恒磨牙在6～7岁、第二恒磨牙在11～13岁最适宜封闭。

2. 禁忌证 窝沟不深,自洁作用好;患较多的邻面龋损;牙萌出4年以上;患者不合作;已充填的牙。

【操作方法和步骤】

1. 首先应清洁牙面特别是窝沟处。采用低速手机装锥形小毛刷或橡皮杯蘸上清洁剂清刷牙面,一般用牙膏作为清洁剂,冲洗净清洁剂,隔湿,吹干牙面。

2. 用细毛刷或小棉球蘸上酸蚀剂(磷酸液或含磷酸的凝胶),涂酸蚀剂到牙面需封闭处,一般恒牙为30s,乳牙为60s。冲洗、吹干。

3. 用细毛笔或专用器械涂封闭剂到已经酸蚀的牙面上。

4. 光固化20～40s完成。漱口并用湿棉球擦去表面氧化物。

5. 固化后用探针进行全面检查。

【考试质量要求】

1. 根据封闭剂的种类、性能、要求进行操作。

2. 涂酸蚀剂时,不要用力擦拭牙面,以防被酸蚀面的牙釉质破坏,降低粘固力。

3. 涂布封闭剂时,避免存留气泡,影响固化后的质量。

4. 光固化封闭剂和化学固化封闭剂的处理固化过程不同,要按各自要求严格执行操作规范。

5. 操作过程中必须隔湿。

【简答题】

简述窝沟封闭剂的组成。

答:通常由合成有机高分子树脂、稀释剂、引发剂和一些辅助剂(溶剂、填料、氟化物、涂料等)组成。

第4章　基本急救技术

一、测 量 血 压

【操作方法】

1. 测量前嘱受检者安静休息至少5min。测量时取坐位或仰卧位。

2. 受检者手臂(一般以右上肢为准)裸露伸直并外展约45°,掌心向上,肘部置于心脏同一水平(坐位平第4肋软骨,仰卧位与腋中线同一水平)。

3. 血压计,驱尽袖袋内的气体,将气袖中部对着肱动脉,缚于上臂,气袖下缘距肘窝线2~3cm,不可过紧或过松,以恰能放进一手指为宜。开启水银槽开关。

4. 检查者置手指于肘窝上肱二头肌腱内侧触及肱动脉搏动后,将听诊器体件置于搏动处(不要接触气袖,更不能塞在气袖下),准备听诊,右手握气球关闭气阀以适当速度向气袖内打气(打气前,要明确压力计读数为0,即气袖内空气全部排出),边打气边听诊,待肱动脉搏动消失,再升高20~30mmHg后,缓慢放气,使汞柱徐徐下降(以每秒2mm为宜)。

5. 注意音响的变化及注视汞柱上的刻度,从无声至听到第一声响,此时汞柱所指刻度为收缩压读数,继续放气,汞柱降至声音消失时所示压力值为舒张压。

6. 测量后,排尽袖袋内余气,关闭气门,整理袖袋,放回盒内。将血压计向水银槽倾斜45°同时关闭水银槽开关。

7. 记录血压测量结果。

【考试质量要求】

1. 操作正确、规范、熟练。

2. 血压计放置位置正确。

3. 气袖缚于受检者上臂部位正确。

4. 听诊器体件放置部位正确。

5. 测量血压结果正确。

【简答题】

1. 何谓高血压?

答:在安静、清醒的条件下采用标准测量方法,至少3次非同日血压值达到或超过收缩压140mmHg和(或)舒张压90mmHg即可认为高血压,如果仅收缩压达到标准则称为单纯收缩期高血压。

2. 何谓低血压?

答:凡血压低于90/60mmHg(12.0/8.0kPa)时称为低血压。

3. 根据中国高血压防治指南(2005年修订版)的标准,简述成人正常血压、正常高值的标准。

答:正常血压:收缩压<120mmHg(16.0kPa),舒张压<80mmHg(10.7kPa)。正常高值:

收缩压 120~139mmHg(16.0~18.5kPa),舒张压 80~89mmHg(10.7~11.9kPa)。

4. 脉压增大及脉压减小的临床意义如何?

答:脉压>40mmHg(5.3kPa),为脉压增大,常见于甲状腺功能亢进、主动脉瓣关闭不全等。脉压<30mmHg(4.0kPa),为脉压减小,常见于主动脉瓣狭窄、心包积液及严重心力衰竭患者。

二、吸　氧　术

【吸氧指征】

1. 呼吸困难;发绀(紫绀);呼吸道梗阻。

2. 心源性疾病;肺源性疾病;脉速。

【准备工作】

1. 用物　氧气装置 1 套(氧气筒、扳钳、氧气表、湿化瓶)、鼻导管或鼻塞、棉签、胶布、氧气面罩、漏斗、治疗碗(内盛冷开水)等。

2. 检查　氧气筒上是否标有"有氧"或"空"标志;清洁鼻导管或鼻塞,检查是否通畅;湿化瓶内是否盛有蒸馏水或洁净水。

【操作方法】

1. 装表

(1)打开总开关清洁气门,迅速关好总开关。

(2)接氧气表并用扳手旋紧。

(3)橡胶管连接氧气表及湿化瓶。

(4)检查给氧装置:①关流量表小开关;②开总开关;③开流量表小开关;④用水检查氧气流出是否通畅;⑤关流量表小开关。

2. 给氧

(1)鼻导管法:①携用物至病床前,查对并向患者解释;②用湿棉签清洁鼻腔;③将鼻导管湿润后,自鼻孔轻轻插入鼻咽部,长度约为鼻尖至耳垂的 2/3 长度;④将鼻导管用胶布固定于鼻翼及面颊部;⑤按需调节流量连接鼻导管。调节标准:轻度缺氧,2L/min;中度缺氧,2~4L/min;重度缺氧,4~6L/min。

(2)口罩法:①携用物至病床前,查对并向患者解释;②以漏斗代替鼻导管,连接橡胶管,调节好流量,将漏斗置于患者口鼻处,距离皮肤约为 3cm,用绷带适当固定。

(3)面罩法:①携用物至病床前,查对并向患者及家属解释,以取得配合;②检查各部功能是否良好;③放置面罩,使之与患者面部密合,以松紧带固定;④调节流量,将氧气接于氧气进气孔上。

(4)鼻塞法:①携用物至病床前,查对并向患者解释;②擦净鼻腔,将鼻塞塞入鼻孔内,鼻塞大小以恰能塞住鼻孔为宜;③调节好流量,连接鼻塞。

3. 记录　记录用氧时间及流量。

4. 停氧

(1)拔去鼻导管(鼻塞)或撤去口罩、面罩,擦净口鼻部。

(2)关流量表小开关→关氧气表总开关→开流量表小开关放出余气→关好。

（3）记录停氧时间。

（4）整理床单及用物，洗手。

【注意事项】

1. 严格遵守操作规程，切实做好防火、防油、防震、防热。搬运时避免倾倒撞击。

2. 治疗过程中，要及时清除分泌物，保持导管和呼吸道通畅，经常观察患者缺氧情况有无改善、氧气装置有无漏气，视病情调节氧流量。

3. 用氧时防止损伤肺组织，应先调节流量后应用。调节流量时，应先分离导管或移动面罩后进行。停用时先拔管再关氧气开关。

4. 持续用氧者，应每 8～12h 更换一次鼻导管，双侧鼻孔交替。

5. 氧气筒内氧气切勿用尽，至少保留 5kg/cm² ，以防再次充气时引起爆炸。

6. 氧气筒上要有标志，注明"有氧"或"空"字，以便使用时鉴别。

【考试质量要求】

1. 操作熟练，动作迅速，时间＜5min。

2. 符合操作规程，认真检查。

3. 根据病情调节氧流量。

【简答题】

1. 对缺氧和二氧化碳潴留同时并存者，如何给氧？为什么？

答：对缺氧和二氧化碳潴留同时并存患者，应选择低流量、低浓度持续给氧。氧浓度以 25％～30％ 较合适。用鼻导管或鼻塞吸氧法，一般给氧流量为 1～2L/min，持续 24h 以上。原因是：慢性缺氧患者由于长期二氧化碳分压高，呼吸中枢的化学感受器对 CO_2 反应性差，呼吸主要依靠缺氧刺激颈动脉窦和主动脉体化学感受器，若高浓度地给氧，则缺氧反射性刺激呼吸中枢的作用消失，进而导致呼吸抑制，使二氧化碳潴留更为严重，可发生二氧化碳麻痹，甚至呼吸停止。

2. 各种吸氧法其氧流量分别是多少？

答：（1）鼻导管（鼻塞）法：小儿及缺氧伴严重二氧化碳潴留者用氧量为 1～2L/min；无二氧化碳潴留者为 2～4L/min；心脏病、肺水肿患者为 4～6L/min。

（2）口罩法：4～5L/min。

（3）面罩法：一般 3～4L/min，严重缺氧者 7～8L/min。

3. 用鼻导管给氧属于哪种给氧法？

答：属于非控制性给氧。

三、人 工 呼 吸

【急救指征】

1. 呼吸停止。

2. 呼吸停止和（或）心搏停止。

3. 呼吸停止和（或）心搏停止和（或）意识丧失。

【准备工作】

1. 迅速将患者安置于硬板床或平地上，取仰卧位，如在软床上抢救，应在患者背部加垫木板。

  2. 清洁手帕或纱布 1 块备用。

  3. 操作者位于患者一侧。

【操作方法】

  1. 畅通气道

（1）松解患者衣领及裤带。

（2）操作者一手插入患者颈后向上托，一手按压其前额使头部后仰，颈项后伸，向前上方拉下颌骨，舌向外拉出（图 4-1）。

图 4-1 抬颈法

（3）清除患者口鼻腔内异物（包括义齿、分泌物、呕吐物及其他异物），以保持气道通畅。

  2. 判断有无自主呼吸 将耳朵贴近患者口鼻，倾听或感觉有无呼吸并观察胸部有无起伏 3～5s。确定无自主呼吸，立即进行抢救。

  3. 口对口人工呼吸法方法

（1）以两层纱布盖于患者口上，用压前额之手的拇指和示指捏闭患者双侧鼻孔，另一手示指和中指抬起患者下颌，使下颌尖与耳垂的连线与地面垂直，将患者口打开。

（2）操作者吸一口气后张开口紧贴并完全包住患者的口部，用力吹气至患者胸部上抬为止（如在模型上进行，应见绿灯亮，方为有效）（图 4-2）。

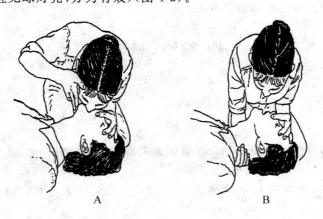

A   B

图 4-2 口对口人工呼吸

（3）一次吹气完毕后立即与患者口部脱离,吸入新鲜口气,以便做下一次吹气,同时使患者的口张开,捏鼻的手也应放松,以便患者自然呼气。如有回气声,即表示气道通畅,可再吹气。

（4）吹气频率:无胸外按压人工呼吸频率成人每分钟10～12次,儿童每分钟12～20次。

【注意事项】

1. 口对口人工呼吸时须捏闭患者双侧鼻孔,口紧贴并完全罩住患者的口部,保证气道不漏气。

2. 口对口人工呼吸的同时,须观察患者胸壁的起伏、感觉吹气时患者的呼吸道阻力和在吹气间歇有无呼气。

3. 所有人工呼吸均应持续吹气1s以上,保证有足够量的气体进入并使胸廓起伏。每次通气须使胸廓起伏。应该避免给予多次吹气或吹入气量过大。

4. 避免快速或者用力吹气。

5. 非经确证患者已死亡,人工呼吸不得停止。

【考试质量要求】

1. 患者体位、头部位置正确。

2. 保持气道通畅。

3. 口对口人工呼吸法操作方法正确。

4. 吹气频率掌握正确。

【简答题】

1. 简述人工呼吸的适应证。

答:心搏骤停,因麻醉、电击、中毒、颈椎骨折及其他伤病所引起的呼吸麻痹者和（或）意识丧失者。

2. 口对口人工呼吸失败的常见原因有哪些?

答:(1)口对口接触不严,肺充气效果差。

(2)呼吸道阻塞情况未解除,如舌后坠、呼吸道内异物（黏液、呕吐物等）使通气不畅,甚至阻塞气道。

(3)与原发病和患者的整体情况有关。

四、胸外心脏按压

【急救指征】

(1)呼吸停止。

(2)呼吸停止和（或）心搏停止。

(3)呼吸停止和（或）心搏停止和（或）意识丧失。

【准备工作】

1. 迅速将患者安置于硬板床或平地上,仰卧位,如系软床应在背部加垫硬板,头偏向一侧,松解患者衣领、腰带。

2. 操作者位于患者胸部一侧（右侧）,跪式或站式。

【操作方法】

1. 确定患者是否意识丧失和心搏停止,其主要特征为:瞳孔散大,对光反应消失;股动脉、颈动脉搏动触不到;心音消失;发绀。

2. 呼唤患者,轻推其肩部,观察瞳孔,判断意识是否丧失。

3. 触摸其颈动脉,并观察面色,判断心搏是否停止。

4. 证实患者心搏停止后,呼救,并立即抢救。

5. 施行胸外按压术

(1)解开患者上衣,暴露胸部。

(2)按压部位:在胸骨下 1/2 处(即两乳头连线中点),以剑突为定位标志,将示、中两指横放在剑突上方,手指上方的胸骨正中部为按压区。

(3)操作者将一手掌根部放于按压区,与患者胸骨长轴相平行,另一手掌重叠压于前一手的手背上,两手手指交叉互握翘起,不接触胸壁。

(4)按压时双肘关节伸直,双肩中点垂直于按压部位,利用上半身前倾之力和肩、臂肌肉力量垂直向下按压,使胸骨下陷 4~5cm,按压后应放松,使胸廓弹回原来形状。放松时手掌根部不离开胸壁定位点,以免手移动(图 4-3)。

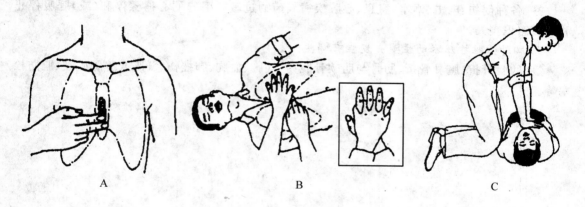

图 4-3 胸外心脏按压法
A. 按压部位;B. 按压手法;C. 按压姿势

(5)按压和放松时间一致,并应平稳、规律、均匀地进行,不能间断。按压频率 100 次/min (新生儿除外)。

(6)胸外心脏按压每 30 次做人工呼吸 2 次(即连续吹气 2 次,每次持续 1s 以上,直至患者胸廓升起为止),按压与吹气之比为 30:2。

(7)对于儿童患者,用单手或双手于乳头连线水平按压胸骨,胸骨压低为胸廓的 1/3~1/2,频率 100 次/min。对于婴儿,用两手指(中指、无名指)于紧贴乳头连线下方水平按压胸骨,胸骨压低为胸廓的 1/3~1/2,频率 100 次/min。按压与吹气之比单人操作为 30:2,双人操作为 15:2。

(8)主要有效指标:颈动脉可触及搏动;瞳孔逐渐回缩;发绀减退;自主呼吸恢复;神志逐渐恢复;收缩压在 60mmHg 以上。

【注意事项】

1. 按压部位不宜过高或过低,也不可偏于左右侧,切勿按压胸骨下端剑突处。

2. 按压至最低点处,应有一明显的停顿,不能冲击式的猛压或跳跃式按压。

3. 按压需均匀、有节奏地进行,切忌突然急促地猛击。

4. 两人操作时,为避免术者疲劳两人工作可互换,调换应在完成 5 组 30∶2 的按压吹气后的间歇中进行,并应在 5s 内完成转换。在按压过程中可暂停按压,以核实病人是否恢复自主心搏,应在实施 5 组 30∶2(约 2min)的按压/吹气后进行。核实过程所用时间不得超过 10s。

5. 2 次人工通气后(每次持续 1s 以上),立即实施胸外按压。

【考试质量要求】

1. 患者背部垫硬板。

2. 按压的位置正确。

3. 按压动作正确。

4. 按压频率和胸骨下陷深度正确。按压与吹气之比为 30∶2。

5. 注意保持患者气道通畅。

【简答题】

1. 简述胸外心脏按压术的适应证。

答:各种创伤、电击、溺水、窒息、心脏疾病或药物过敏等引起的心搏骤停和(或)呼吸停止和(或)意识丧失。

2. 胸外心脏按压术的主要并发症有哪些?

答:肋骨骨折、胸骨骨折、肋骨与肋软骨脱离、气胸、血胸、肺挫伤、肝脏或脾脏破裂、脂肪栓塞等。

第5章　基本诊断技术和辅助检查结果判读

第一节　牙髓测验

一、温 度 测 验

参见第 2 章口腔检查基本技能 第二节 口腔检查二、特殊检查。

二、电活力测验

参见第 2 章口腔检查基本技能 第二节 口腔检查二、特殊检查。

第二节　X 线 检 查

一、正常口内片影像

(一)正常牙片上的牙齿和牙周组织 X 线表现(图 5-1)

1. **牙釉质**　X 线牙片上的影像密度最高,以帽状被覆在牙冠部牙本质的表面。
2. **牙本质**　其影像密度稍低于牙釉质,形状与牙外形一致。
3. **牙骨质**　被覆于牙根表面,所显示的影像与牙本质不易区别。
4. **牙髓腔**　X 线牙片上的影像密度最低,分为冠部的髓室和根部的根管。单根牙髓室与根管界限不清,髓室逐渐变细而形成根管,表现为针形密度低的影像;下颌磨牙髓腔为似 H 形密度低的影像,上颌磨牙髓腔随投照角度不同而表现为圆形或椭圆形,根管向根尖部逐渐变细。

5. **牙槽骨**　X 线牙片上牙槽骨显示的影像密度较牙齿低,上颌牙牙槽骨骨小梁多,相交织处显密度高的点状影像,骨髓腔则显密度低的点状影像,因此上颌牙牙槽骨骨小梁显颗粒状影像。下颌牙牙槽骨骨密质厚而骨松质少,骨小梁结构显网状结构影像。

6. **骨硬板**　X 线牙片上显示为包绕牙根连

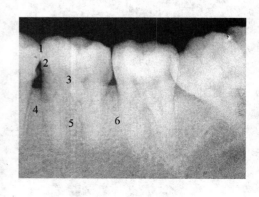

图 5-1　正常牙齿和牙周组织

1. 牙釉质;2. 牙本质;3. 牙髓腔;4. 牙槽骨;5. 牙周膜;6. 骨硬板

续不断的密度高的线条状影像。

7. 牙周膜　X 线牙片上显示为包绕牙根连续不断的密度低的线条状影像,宽度均匀一致。

(二)上颌前牙根尖片有关的正常颌骨解剖(图 5-2)

1. 切牙孔　在两个上颌中切牙牙根之间或稍上方,多显椭圆形密度低的影像,有时颇似枣核形,受投照水平角度的影响,切牙孔可重叠于一侧中切牙牙根尖处,易误诊为根尖周病变,牙周膜和骨硬板是否完整则是鉴别的要点。

2. 腭中缝　位于两个上颌中切牙牙根之间,由牙槽突顶向上,显直线状密度低的影像,两侧密度高的影像是上颌骨腭突的致密骨层。儿童时腭中缝影像显示较宽。

3. 鼻腔与鼻中隔　鼻腔位于上颌切牙牙根尖的上方,为对称性半圆形密度低的影像,被一密度高的骨质分开,称为鼻中隔。

(三)上颌后牙根尖片有关的正常颌骨解剖(图 5-3)

1. 上颌窦　若上颌窦较大或投照根尖片时垂直角较大则在投照上颌磨牙根尖片时,经常可以看见牙根上方有一密度低的影像,为上颌窦的一部分,边缘环绕着密度高的线状影像,为上颌窦致密骨层。上颌窦的变异很大,就其大小来说,大的上颌窦向后可扩展到上颌结节,向前可延伸到尖牙区。就其形态来说,上颌窦底有时可突入牙根之间的牙槽间隔环绕数个牙根而使其窦底显波浪状,有时可见自窦底向上,有一二个致密线条状影像,使窦底显示为 W 形,此为上颌窦的分隔。正常情况下,虽然分隔上颌窦底与牙根之间的骨壁很薄,但因拍片时受垂直角的影响常使窦底与牙根相重叠,可根据牙周膜和骨硬板连续不断,判断牙根并非位于上颌窦内。

2. 颧骨　若颧骨较大或投照垂直角较大,可在第一、二磨牙根尖上方或重叠在牙根上方为近似三角形或半圆形密度高的影像,应注意与埋伏牙鉴别。在有上颌窦显示时,其影像可以与上颌窦影像重叠,易误诊为含牙囊肿。

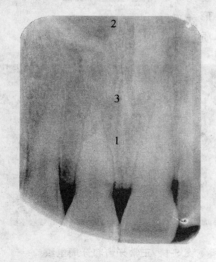

图 5-2　上颌前牙根尖片
1. 切牙孔;2. 鼻腔与鼻中隔;3. 腭中缝

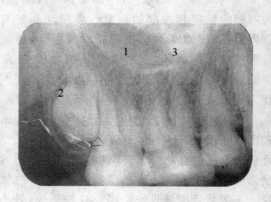

图 5-3　上颌后牙根尖片
1. 上颌窦;2. 上颌结节;3. 颧骨

3. 喙突　患者开口较大或投照水平角向近中方向倾斜,则常在上颌第一、二磨牙的牙冠区域有一较牙齿密度稍低由后伸向前方的三角形影像。因受投照角度的影响,其影像可与第二、三磨牙的牙冠部相重叠或在其下方或下后方。

4. 上颌结节　在最后一个磨牙远中区域,其边缘向后上,此区域骨小梁数目较少,X线片上常呈稀疏的网状结构。

5. 翼钩　如果翼钩发育较大,则在上颌结节后方,呈长条状边缘整齐,宽约 0.2cm,长 1cm,直的或下端略向后方弯曲的密度稍高的影像。

(四)下颌前牙根尖片有关的正常颌骨解剖(图 5-4)

1. 颏棘　位于两个下颌中切牙牙尖下方,下颌骨正中联合处显示为小圆形密度高的影像,在中心有点状密度低区,其周围骨小梁稀少为正常骨疏松区。

2. 营养管　常位于下颌前牙区,在牙根之间的牙槽骨区,并与牙齿长轴平行的密度低的条状影像,其数目、长短和粗细可不同。此为小血管进入牙槽突的影像。

(五)下颌后牙根尖片有关的正常颌骨解剖(图 5-5)

1. 颏孔　位于前磨牙根尖区域,为一大致圆形密度低的影像。颏孔的位置变异较大,多位于第二前磨牙根尖之下。受投照垂直角度的影响,有时颏孔影像与第一、二前磨牙根尖相重叠,此时应注意与根尖周病变相区别,牙周膜和骨硬板是否完整则是鉴别的要点。

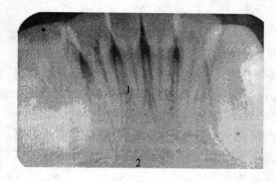 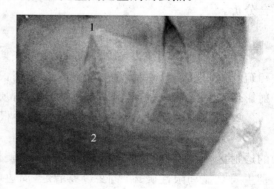

图 5-4　下颌前牙根尖片
1. 营养管;2. 颏棘

图 5-5　下颌后牙根尖片
1. 外斜线;2. 下颌管

2. 外斜线　由升支前缘下部斜向前下,为一密度高的带状影像。重叠在第二、三磨牙的牙冠部、颈部或根部,使牙髓室或根管不能清晰地显示,外斜线重叠在牙齿的部位与投照时垂直角度的大小有关。

3. 下颌管　位于下颌磨牙牙根尖下方,显凹面向上边缘整齐的带状密度低的影像,一般宽度为 0.4cm,两侧为下颌管致密骨层,表现为密度高的线条状影像。受投照时垂直角度的影响,磨牙牙根与下颌管发生重叠,好似根尖突入下颌管内,牙周膜和骨硬板是否连续不断则是鉴别的要点。

4. 下颌角区　在下颌管的后下区域,作为正常骨质疏松区,骨小梁很少或不显示。

(六)考试质量要求

准确地确定牙位;准确地描述髓腔的形态;准确地描述牙周间隙和骨硬板影像;准确地读

片正常的解剖标志。

二、口腔疾病的 X 线诊断

(一)牙体硬组织疾病牙片

1. **龋病**　由于在致龋菌的作用下引起牙体硬组织脱矿、有机物分解,形成龋洞,因此,在龋病的 X 线牙片上的影像主要表现为密度较周围牙体组织明显降低的黑色影像。浅龋主要表现为边缘不光滑、范围较小的圆弧形凹陷缺损;中龋可以表现为圆弧形凹陷缺损也可以表现为口小底大的倒凹状缺损;深龋 X 线片上主要观察龋洞底与髓室的距离、髓室角和髓室变化情况。此片的意义在于可以提供早期邻面龋存在的证据,𬌗面和近远中龋病破坏的程度,以及龋洞底与髓腔距离的远近;充填物底部继发龋的影像表现为边缘不规则的缝隙状的密度减低影像。

2. **牙内吸收**　好发于上前牙,一般由创伤或慢性炎症引起。发生于髓腔时,髓腔的 X 线表现为髓腔扩大为不规则的有时为圆形或卵圆形的密度减低区。如发生在牙根管时,根管的 X 线表现为扩大的长短不一、粗细不匀的根管影像,根管壁变薄,可伴根折。

3. **考试质量要求**　要想确定龋洞是否穿髓必须将 X 线结果与临床检查结果结合起来综合分析。

(二)根尖周病牙片

1. **急性根尖周炎 X 线表现**　急性浆液期 X 线征象为根尖周骨质无破坏,但骨质弥散性稀疏,根尖周区牙周间隙增宽。急性化脓期根尖部有不规则小范围的骨质破坏密度减低的透射影像,边界整齐,范围局限(图 5-6)。如骨质破坏区弥散,则有向骨膜下形成脓肿的趋势。

2. **慢性根尖周炎 X 线表现**　分为慢性根尖周脓肿、根尖周肉芽肿和根尖周囊肿。

(1)慢性根尖周脓肿:在患牙根尖区有一边界清楚但不十分整齐的小团骨质破坏密度甚低的透射区,病变形状规则或不规则,根尖区硬板消失(图 5-7)。与急性根尖周炎 X 线表现的区别主要是显局限性破坏,病变边界清楚,周边可见骨质增生。

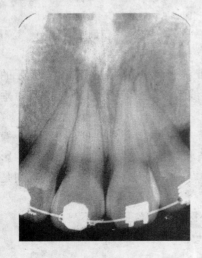

图 5-6　急性根尖周炎

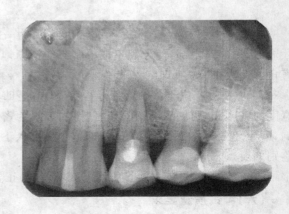

图 5-7　慢性根尖周脓肿

(2)根尖周肉芽肿:在患牙根尖区有一骨质破坏的透射区,形态比较规则,表现为圆形或椭圆形的密度减低区,范围一般较小,直径多不超过1cm,边界清晰,无致密的骨壁线,周边骨质多无明显的改变(图5-8)。

(3)根尖周囊肿:X线片上可见有患有龋病等的病源牙,根尖可见形态比较规则、边界清楚、大或小的圆形、卵圆形的骨质破坏透明区,根尖突入囊腔,牙周膜间隙和骨硬板消失(图5-9)。由于囊肿发展缓慢,长期刺激周围骨质,使囊肿边缘形成一薄层致密的硬骨板。但如果囊肿发生感染,此致密的骨壁线可消失。

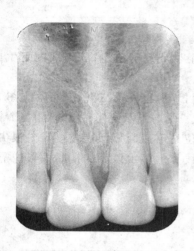

图5-8　根尖肉芽肿

图5-9　根尖囊肿

3. 致密性骨炎的X线表现　患牙的根尖区,骨小梁增粗、增多变密,骨密度增高,骨髓腔变窄,严重者骨髓腔消失。骨质硬化致密区与正常骨组织无明显的分界。根尖部牙周间隙增宽、根尖无增粗,可与牙骨质增生区别。

4. 牙骨质增生　牙根整个变粗大,有时仅在根尖区有过多的牙骨质沉积,使根尖显球形增生,牙周膜间隙变窄。有的可与牙槽骨粘连,牙周膜间隙消失。

5. 考试质量要求　准确确定牙位;正确地指出牙体病变;根尖病变范围及形态描述准确;诊断准确。

(三)牙周病牙片

牙周病共有的表现是牙槽骨吸收,牙槽嵴骨纹变细、稀疏紊乱,硬板模糊、消失或增厚,牙周膜间隙增宽或缩窄甚至消失,牙根有吸收或牙骨质增生等改变。牙槽骨吸收破坏引起骨缺失分为三种类型。

1. 水平型牙槽骨吸收　表现为一组牙齿或全口牙齿的各面牙槽嵴均匀一致地以水平方式向根端吸收,造成牙槽嵴上部分缺失。

2. 垂直型牙槽骨吸收　表现为某一个牙齿的一侧或一面的牙槽骨呈不均匀地以垂直方向向根端吸收,造成牙槽嵴单侧缺失,形成楔形吸收、角形吸收、弧形吸收等(图5-10)。此型牙槽骨吸收多见于第一磨牙和前牙,吸收程度也较重。

3. 混合型牙槽骨吸收　既有牙槽骨水平型吸收,又伴有垂直型吸收。牙槽骨吸收的程度可分轻、中、重三度,常以牙槽骨嵴的高度和牙根长度的比例来表示,如牙槽骨吸收达根长1/3、2/3、3/3等级别。在X线片上测定牙槽嵴高度,一般以牙颈缩窄处稍下1mm为标记。牙周病活动期牙槽骨吸收表现为骨吸收边缘不光滑,骨纹稀疏紊乱,骨硬板消失,牙周间隙增宽,有时根尖可吸收。牙周病静止期牙槽骨吸收表现为骨吸收停止,边缘整齐平滑,有时可见薄层线状的致密骨,周围骨纹增粗密度增高,硬板增厚,牙周间隙宽度恢复。

4. 考试质量要求　确定牙位;准确判断牙槽骨吸收类型和牙槽骨吸收程度;准确描述其他牙周病表现。

(四)阻生智齿片

主要观察下列几项:

1. 确定阻生牙的位置　是高位阻生或低位阻生;部分阻生或完全阻生;软组织内阻生或骨内阻生。

2. 确定阻生牙的方向　前倾位是第三磨牙向近中倾斜,牙冠抵着第二磨牙的远中(图5-11);后倾位是第三磨牙牙冠向远中倾斜;水平位是第三磨牙长轴与下颌骨体平行,牙冠抵着第二磨牙;垂直位是第三磨牙牙冠向着正常的𬌗面方向;倒向位是第三磨牙牙冠完全转向根尖,牙根向着𬌗面;颊舌向是第三磨牙牙冠向着颊侧或舌侧,X线片上显示该牙的横断面影像冠、根相互重叠。颊舌向阻生牙常须横断咬𬌗片诊断。

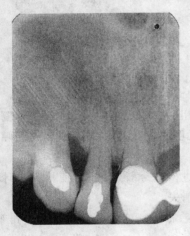

图5-10　牙周炎

牙周炎垂直型牙槽骨吸收,牙槽嵴骨纹变细,硬板消失,牙周膜间隙增宽

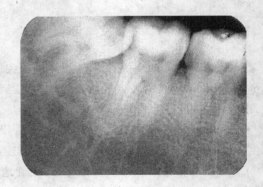

图5-11　前倾高位阻生牙

3. 阻生牙有无炎症　阻生牙有无龋坏及根尖周有无炎症。

4. 阻生牙牙根情况　阻生牙牙根的数目及形态、根分叉大小、牙根的长短及粗细、有无弯曲和增生肥大、与颌骨有无粘连、与下牙槽神经管的距离等。

5. 与第二磨牙的关系　阻生第三磨牙与第二磨牙的关系,是否紧抵第二磨牙的远中颈部,第二磨牙的远中邻面和颈部有无龋坏,第二磨牙有无牙周病和根尖周感染。

6. 测量磨牙后区间隙　测量磨牙后区间隙大小,有利于正确判断凿骨增隙的量。

7. 考试质量要求　准确判断阻生的位置,阻生的类型,阻生牙与邻牙的关系,阻生牙与邻近组织的关系。

三、正常全口曲面体层片

(一)X线表现(图5-12)

整个颌骨被平面展开,下颌骨的牙槽突、牙周膜及骨硬板、升支中部的下颌孔、下颌小舌、向前下走行的下颌管、双尖牙区根尖下方的颏孔、升支前缘下部斜向前下的内外斜线、下颌骨下缘皮质骨及髁状突均能清楚显示。喙突常和上颌骨后部重叠。上颌骨及面骨结构较复杂,影像不如下颌骨的清晰。上牙根尖上方的横行致密影像为硬腭。硬腭上方中间密度低的影像为鼻腔,中间致密骨是鼻中隔,中下鼻甲的影像也可显示。鼻腔两侧为密度低的上颌窦影像,其外1/3与颧骨重叠。颧弓影像也可显示。上颌窦的外侧可见长条形的翼状突影像。上颌窦与翼突间密度低的影像为翼腭窝。

颌骨中央有时可见纵行致密影,为颈椎投影。

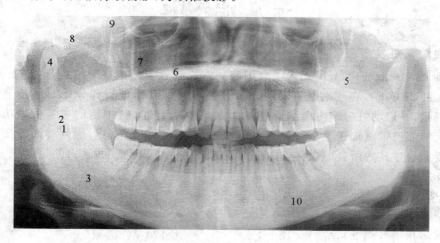

图5-12　曲面体层片

1. 下颌孔;2. 下颌小舌;3. 下颌管;4. 髁状突;5. 喙突;6. 硬腭;7. 上颌窦;8. 颧弓;9. 颧骨

(二)考试质量要求

正确描述上、下颌骨解剖标志;正确描述颌骨外解剖标志;准确确定牙位。

四、根管充填后牙片

按规范操作要求,根管治疗时应摄3张牙片,即根管治疗前牙片、根管预备后牙片和根管充填后牙片。

1. **根管治疗前牙片**　意义是给医生提供患牙及牙周组织的情况,如根管长度、有无弯曲、根管是否通畅、根尖周牙周组织情况等。

2. **根管预备后牙片**　通常是在根管内插入X线阻射标识物如牙胶尖后拍摄,意义在于为医生提供根管预备的情况如根管扩大长度是否合适等,有时可一边预备根管一边摄片以监测根管预备方向和进程。

3. 根管充填后牙片 意义在于为医生提供根管充填情况,如根管充填是否完满,有无欠充、漏充、超充,以便充填存在问题时,可以及时处理。根管充填理想的 X 线表现为:充填严密、充填材料以填满根管内的全部间隙;充填材料正好充满到根尖部的狭窄处,一般 X 线片显示根充材料到达距根尖 0.5～2mm 处即为恰填。超出根尖孔的称为超填,未达到根尖狭窄处的称欠填;另外,还可提供有无根管旁穿、器械折断和异物等。根管充填后牙片还可作为根管治疗长期随访观察的指标。

第三节　实验室检验

一、血、尿、粪常规

(一)血液常规检查

1. 红细胞及血红蛋白(Hb)测定 红细胞的生成起源于从造血干细胞分化来的红系祖细胞(BFU-E 和 CFU-E),在红细胞生成素(Epo)的作用下,继续增殖和分化为形态上可辨认的骨髓原红细胞,并启动红细胞内血红蛋白和血型抗原的合成。红细胞的主要生理功能是作为呼吸载体从肺部携带氧输送至全身各组织,并将组织中的二氧化碳运送到肺而呼出体外。这一功能主要是通过其内所含的血红蛋白来完成的。血红蛋白是红细胞内的主要成分,占红细胞干重的 96%。

[参考值]

	红细胞数	血红蛋白
成年男性	$(4.0\sim5.5)\times10^{12}/L$	120～160g/L
成年女性	$(3.5\sim5.0)\times10^{12}/L$	110～150g/L
新生儿	$(6.0\sim7.0)\times10^{12}/L$	170～200g/L

[临床意义]

(1)红细胞及血红蛋白增多:指单位容积血液中红细胞数及血红蛋白量高于参考值高限。经多次检查成年男性红细胞$>6.0\times10^{12}/L$,血红蛋白$>170g/L$;成年女性红细胞$>5.5\times10^{12}/L$,血红蛋白$>160g/L$ 即为增多。可分为相对性增多和绝对性增多两大类。

①相对性增多:因血浆容量减少,血浆中水分丢失,血液浓缩,使红细胞容量相对增加。见于各种原因引起的脱水。

②绝对性增多:临床上称为红细胞增多症,可由多种原因引起。继发性红细胞增多症是非造血系统疾病,发病的主要环节是各种原因引起的血中红细胞生成素增多,见于因血氧饱和度减低、组织缺氧引起,或与某些肿瘤或肾脏疾患有关。原发性红细胞增多症临床称为真性红细胞增多症,是一种原因未明的以红细胞增多为主的骨髓增殖性疾病。

(2)红细胞及血红蛋白减少:指单位容积循环血液中红细胞数、血红蛋白量和(或)血细胞比容(Hct)低于参考值低限,称为贫血。以血红蛋白为标准,成年男性血红蛋白$<120g/L$,成

年女性＜110g/L,即为贫血。见于出生后 3 个月的生理性贫血和各种原因引起的病理性贫血,如骨髓造血障碍及各种造血因子缺乏引起的贫血、溶血性贫血和急慢性失血性贫血。临床上根据血红蛋白减低的程度将贫血分为 4 级,轻度:血红蛋白＜参考值低限至 90g/L;中度:90～60g/L;重度:60～30g/L;极度:＜30g/L。

2. 白细胞计数和白细胞分类计数　循环血液中的白细胞包括中性粒细胞(N)、嗜酸性粒细胞(E)、嗜碱性粒细胞(B)、淋巴细胞(L)和单核细胞(M)5 种。白细胞计数是测定血液中各种白细胞的总数,而分类计数则是将血液制成涂片,经染色后在油镜下进行分类,求得各种类型白细胞的比值(百分数)。

[参考值]

白细胞数:成人	$(4\sim10)\times10^9/L$
新生儿	$(15\sim20)\times10^9/L$
6 个月～2 岁	$(11\sim12)\times10^9/L$

白细胞分类:中性粒细胞

杆状核	0～0.05
分叶核	0.5～0.7
嗜酸性粒细胞	0.005～0.05
嗜碱性粒细胞	0～0.01
淋巴细胞	0.2～0.4
单核细胞	0.03～0.08

[临床意义]

通常白细胞数＞$10\times10^9/L$ 称白细胞增多,＜$4\times10^9/L$ 称白细胞减少。白细胞的增多、减少与中性粒细胞的增多、减少有着密切关系。

(1)中性粒细胞

①中性粒细胞增多:引起中性粒细胞病理性增多的原因很多,大致可归为两大类。

一是反应性增多:是机体对各种原因刺激的应激反应,动员骨髓储存池中的粒细胞释放或边缘池粒细胞进入血循环,故多为成熟的分叶核细胞或较成熟的杆状核粒细胞。急性感染或炎症:为最常见的原因,如化脓性球菌引起的局部炎症或全身性感染;某些杆菌如大肠杆菌、铜绿假单胞菌、真菌和放线菌;某些病毒如流行性出血热、流行性乙型脑炎、狂犬病等;立克次体如斑疹伤寒;螺旋体如钩端螺旋体、梅毒;寄生虫如肺吸虫等感染都可使白细胞总数增高和中性粒细胞增多。广泛的组织损伤或坏死:见于外伤、手术、大面积烧伤、冻伤,以及血管栓塞所致局部缺血性坏死等使组织严重损伤者。急性溶血:红细胞大量破坏导致相对缺氧,以及红细胞破坏后的分解产物,刺激骨髓储存池中的粒细胞释放可使白细胞升高。急性失血:大出血所致的缺氧和机体的应激反应,动员骨髓储存池中的白细胞释放。因此,白细胞增高可作为早期诊断内出血的参考指标。急性中毒:可见于外源性因素,如化学物质或化学药物或生物毒素中毒所致;内源性因素,如尿毒症、糖尿病酮症酸中毒、子痫、内分泌疾病危象等均可引起白细胞增高,且以中性粒细胞为主。恶性肿瘤:见于非造血系统恶性肿瘤及造血系统恶性肿瘤。其他:如类风湿关节炎、自身免疫性溶血性贫血,以及痛风、严重缺氧可有中性粒细胞增高;应用某些药物如皮质激素、肾上腺素、氯化锂等也可引起增高。

二是异常增生性增多:多为造血干细胞克隆性疾病,造血组织中性粒细胞大量增生,见于粒细胞白血病和骨髓增殖性疾病。

②中性粒细胞减少：白细胞减少其中主要是中性粒细胞减少。当中性粒细胞绝对值$<1.5\times10^9$/L，称为粒细胞减少症；$<0.5\times10^9$/L时称为粒细胞缺乏症。引起中性粒细胞减少的病因很多，可见于以下几个方面。

感染性疾病，某些病毒感染性疾病；某些细菌性感染如伤寒杆菌感染；某些严重细菌感染如粟粒性结核、脓毒血症等；年老体弱、慢性消耗性疾病或晚期恶性肿瘤患者严重感染时，白细胞非但不增高，反而减少。

血液系统疾病，见于再生障碍性贫血、非白血性白血病、恶性组织细胞病、巨幼细胞贫血、严重缺铁性贫血、阵发性睡眠性血红蛋白尿、骨髓转移癌等疾病。

物理、化学因素，放射线、放射性核素、化学物品及化学药物均可引起粒细胞减少。

单核吞噬细胞系统功能亢进，如脾功能亢进、某些恶性肿瘤、类脂质沉积病等。

其他：系统性红斑狼疮、某些自身免疫性疾病、过敏性休克等。

(2)嗜酸性粒细胞：正常人循环血液中嗜酸性粒细胞占$0.5\%\sim5\%$，绝对值不超过0.5×10^9/L。具有吞噬作用，可吞噬多种物质，如酵母菌细胞壁、带有抗体的红细胞、抗原抗体复合物、细菌等。

①嗜酸性粒细胞增多：可见于变态反应性疾病、寄生虫病、皮肤病、血液病、某些恶性肿瘤、某些传染病、高嗜酸性粒细胞综合征等疾病。

②嗜酸性粒细胞减少：其临床意义较小。可见于长期应用肾上腺皮质激素后；某些急性传染病如伤寒的初期；大手术创伤等应激状态。

(3)嗜碱性粒细胞：仅占白细胞分类中的$0\sim1\%$。生理功能是参与超敏反应。嗜碱性粒细胞增多见于慢性粒细胞白血病、骨髓纤维化、慢性溶血及脾切除后。嗜碱性粒细胞减少无临床意义。

(4)淋巴细胞：具有与抗原超特异反应的能力，是人体重要的免疫活性细胞。

①淋巴细胞增多：首先主要见于病毒感染性疾病，如麻疹、水痘、风疹、流行性腮腺炎、传染性单核细胞增多症、传染性淋巴细胞增多症、病毒性肝炎、流行性出血热，以及柯萨奇病毒、腺病毒、巨细胞病毒等感染；其次见于某些细菌如百日咳杆菌、结核杆菌、布氏杆菌、梅毒螺旋体、弓形体等的感染；还可见于急性淋巴细胞白血病、淋巴瘤，急性传染病的恢复期和移植排斥反应等。

②淋巴细胞减少：主要见于应用肾上腺皮质激素、烷化剂、抗淋巴细胞球蛋白等的治疗以及接触放射线、免疫缺陷性疾病、丙种球蛋白缺乏症等。

(5)单核细胞：具有强大的吞噬功能，能活跃地吞噬经过调理作用的生物体(如细菌)。主要功能有：诱导免疫反应；吞噬和杀灭某些病原体；吞噬红细胞和清除损伤组织及死亡的细胞；间接的抗肿瘤作用；对白细胞生成的调节。

单核细胞增多：可见于某些感染如疟疾、黑热病、活动性肺结核、感染性心内膜炎等；某些血液病如单核细胞白血病、恶性组织细胞病、淋巴瘤、骨髓增生异常综合征；急性传染病或急性感染的恢复期。单核细胞减少一般无重要临床意义。

3.简答题

(1)为什么同时测定红细胞数与血红蛋白量对诊断更有意义？

答：一般情况下，单位容积的血液中红细胞数与血红蛋白量的数值大致呈相对平行关系。

以旧计量单位的数值来说明,健康成人红细胞数($10^4/mm^3$)与血红蛋白量(g/L)的正常比例约为 100：3,即 100 万红细胞约相当于 3g 血红蛋白。故两者测定的意义大致相同。但在某些具有红细胞内血红蛋白浓度改变的贫血,如低色素性贫血时,红细胞与血红蛋白降低的程度常不平行,血红蛋白降低较红细胞明显,这一比值就明显升高。故同时测定红细胞数与血红蛋白量以作比较,对诊断更有意义。

(2)在哪些情况下中性粒细胞数可出现生理性波动?

答:在生理情况下,外周血中白细胞数可有个体差异。一日之间也可有波动,下午较早晨为高。饱餐、情绪激动、剧烈运动、高温或严寒等均能使白细胞(主要是中性粒细胞)暂时性升高。新生儿、月经期、妊娠 5 个月以上,以及分娩时也均可增高。生理性增多都是一过性的,通常不伴有白细胞质量的变化。

(二)尿液常规检查

尿液常规检验包括:①一般性状检测:尿量、气味、外观、透明度、酸碱反应、比重测定等;②化学检验:尿蛋白、尿糖、尿酮体、尿胆红素、尿胆原等;③尿沉渣(显微镜)检验:尿液细胞、管型、结晶等。

1.一般性状

(1)尿量

[参考值]

正常成人尿量为 1 000～2 000ml/24h,平均 1 500ml。24h 尿量＜400ml 或每小时尿量持续少于 17ml 称少尿;24h 尿量＜100ml 称为无尿;多于 2 500ml/24h,称多尿。

[临床意义]

①少尿或无尿:常见原因,一是肾前性:为各种原因所致的有效循环血容量减少;二是肾性:见于各种疾病导致的肾脏本身的损害;三是肾后性:各种原因引起的尿路梗阻,如肿瘤、结石、尿路狭窄等;四是假性少尿:膀胱尿潴留,如前列腺肥大或神经源性膀胱等。

②多尿:病理性多尿,见于内分泌疾病:如糖尿病、尿崩症;肾脏疾病:如慢性肾盂肾炎、慢性间质性肾炎、慢性肾衰竭早期、急性肾衰竭多尿期等。暂时性多尿:可见于水摄入过多,应和利尿药和某些药物等鉴别。

(2)尿液外观

①新鲜正常尿,多无色澄清至淡黄色或琥珀色。

②新鲜尿发生浑浊,常见于尿酸盐、磷酸盐和碳酸盐沉淀。

③血尿:尿内含一定量的红细胞时,称血尿;每升尿中含血量超过 1ml 即可出现淡红色,称肉眼血尿,如淡红色云雾状、洗肉水样或混有血凝块;如尿液外观变化不明显,离心沉淀后,镜检时每高倍视野红细胞平均＞3 个,称镜下血尿。血尿多见于泌尿系炎症、结石、肿瘤、外伤等,亦可见于出血性疾病如血小板减少性紫癜、血友病等。

④血红蛋白尿及肌红蛋白尿:正常尿隐血试验阴性,为淡黄色。血红蛋白尿呈浓茶色或酱油色,隐血试验阳性。血红蛋白尿见于阵发性睡眠性血红蛋白尿、蚕豆病、血型不合的输血反应等溶血性疾病。肌红蛋白尿见于挤压综合征、缺血性肌坏死等。

⑤脓尿和菌尿:尿内含有大量的脓细胞或细菌、炎性渗出物,排出的新鲜尿液呈白色浑浊或云雾状,称脓尿或菌尿。见于泌尿系统感染性疾病。

⑥乳糜尿:因乳糜液逆流进入尿中所致,外观呈不同程度的乳白色,如含有较多的血液则

称乳糜血尿。多见于丝虫病,亦可见于结核、肿瘤、腹部创伤或手术后。

⑦胆红素尿:尿内含有大量结合胆红素,振荡后泡沫呈黄色。见于阻塞性黄疸及肝细胞性黄疸。

(3)酸碱反应(pH)

[参考值]

正常新鲜尿液多呈弱酸性,尿 pH 约 6.5,波动在 4.5～8.0 之间。

[临床意义]

①尿 pH 降低:见于酸中毒、糖尿病、痛风、低钾性碱中毒、白血病等。

②尿 pH 增高:见于碱中毒、肾小管酸中毒(Ⅰ、Ⅱ、Ⅲ 型)、膀胱炎、频繁呕吐、应用利尿药等。

(4)尿比密(SG)

[参考值]

正常成年人在普通膳食下尿比密为 1.015～1.025 之间,晨尿一般大于 1.020,婴幼儿尿比密偏低。

[临床意义]

①尿比密增高(晨尿＞1.020):见于各种原因引起的肾前性少尿、糖尿病、急性肾小球肾炎等。

②低比密尿(＜1.015):见于急性肾小管坏死、急性肾衰竭少尿期及多尿期、慢性肾衰竭、肾小管间质疾病等。

2. 化学检验

(1)尿蛋白

[参考值]

正常人尿蛋白定量试验 0～80mg/24h。定性试验阴性。

[分类及临床意义]

尿蛋白定性试验阳性或定量试验超过 150mg/24h 尿时,称为蛋白尿。

①肾小球性蛋白尿

选择性蛋白尿:以清蛋白为主,并有少量小分子量蛋白(如 $\beta_2 M$),尿中无大分子量蛋白,如 IgG、A、M、C3 等,典型病种是肾病综合征。

非选择性蛋白尿:尿中可出现大分子量蛋白,如补体 C3、IgG、IgM;中分子量的清蛋白及小分子量的 $\beta_2 M$,称肾病性蛋白尿。反映肾小球毛细血管壁有严重的损伤断裂。可见于各类原发性肾小球肾炎,如急进性肾炎、慢性肾炎、膜性肾病、膜增殖性肾炎等。也可见于继发性肾小球疾病,如糖尿病肾病、狼疮肾炎等,预后不良。

②肾小管性蛋白尿:可见于感染、中毒所致肾小管损害或继发于肾小球疾病。此种蛋白尿的发生是因近曲小管损伤严重、对低分子量蛋白质重吸收能力降低所致,而肾小球滤过膜可正常或不正常。

③混合性蛋白尿:系肾脏病变同时累及肾小球和肾小管时产生的蛋白尿。可见于各种肾小球疾病后期,如慢性肾炎、肾移植排斥反应等。各种肾小管间质疾病,如间质性肾炎、慢性肾盂肾炎。全身性疾病同时侵犯肾小球和肾小管,如狼疮肾炎、糖尿病肾病等。

④溢出性蛋白尿:肾小球滤过及肾小管重吸收均正常,但由于血中异常小分子蛋白质产生

增多,经肾小球滤出,超过肾小管重吸收能力,在尿中出现而产生蛋白尿,称为溢出性蛋白尿。可见于:浆细胞病如多发性骨髓瘤、巨球蛋白血症、重链病、轻链病等。急性血管内溶血,如阵发性睡眠性血红蛋白尿。急性肌肉损伤,如挤压综合征、横纹肌溶解综合征等。其他,如急性白血病时血溶菌酶增高致尿溶菌酶升高,胰腺炎时的血淀粉酶增高致尿淀粉酶升高等。

⑤组织性蛋白尿:在尿液形成过程中,肾小管代谢产生的蛋白质和组织破坏分解的蛋白质,以及由于炎症或药物刺激泌尿系统分泌的蛋白质,称组织性蛋白尿。在肾脏疾病如炎症、中毒时排出量增多。

⑥偶然性蛋白尿或假性蛋白尿:由于尿内混有大量血、脓、黏液成分而导致蛋白定性试验阳性,称假性蛋白尿。一般不伴有肾脏本身的损害。可见于肾以下泌尿道疾病如膀胱炎、尿道有炎症、出血及尿内掺入阴道分泌物。

⑦功能性蛋白尿:指泌尿系统无器质性病变,尿内暂时出现的轻度蛋白质而言,又称为生理性蛋白尿。可由剧烈运动、发热、受寒或精神紧张等因素引起肾小球内血流动力学改变而发生。常为一过性蛋白尿。

⑧体位性蛋白尿:指直立姿势时出现蛋白尿而卧位时尿蛋白消失,且无血尿、高血压、水肿等异常表现,又称为直立性蛋白尿。常见于青春发育期少年,部分患者经肾活检发现可有轻微的组织学异常,轻型肾炎和肾炎恢复期也可出现体位性蛋白尿。

(2)尿糖

[参考值]

正常人尿内含糖量为 0.56~5.0mmol/24h,定性试验阴性。

[临床意义]

①血糖增高性糖尿:多见于内分泌疾病,如糖尿病、甲状腺功能亢进、腺垂体功能亢进(肢端肥大症)、嗜铬细胞瘤、Cushing 综合征。以上又称为继发性高血糖性糖尿。

②肾性糖尿(血糖正常性糖尿):系因肾小管对葡萄糖重吸收功能减退,肾阈值降低所致的糖尿。见于家族性糖尿、慢性肾炎或肾病综合征伴肾小管受损、妊娠期。

③暂时性糖尿:见于超过"肾阈值"的生理性糖尿,如大量进食糖类,或静脉注射大量葡萄糖后引起的一时性血糖上升,尿糖阳性。

④应激性糖尿:如颅脑外伤、脑出血、急性心肌梗死时出现的暂时性高血糖和糖尿。

(3)酮体

[参考值]

尿酮体量(以丙酮计)为 0.34~0.85mmol/24h(20~50mg/24h),一般检查法为阴性。

[临床意义]

①糖尿病性酮尿:如糖尿病酮症酸中毒。

②非糖尿病性酮尿:如发热、严重呕吐、腹泻、未能进食等情况下出现的尿酮体;妊娠早期可因严重妊娠反应、剧烈呕吐、不能进食致尿酮体阳性。

(4)尿胆红素与尿胆原

[参考值]

正常人尿胆红素含量为≤2mg/L,定性为阴性;尿胆原含量为≤10mg/L,定性为阴性或弱阳性。

[临床意义]

①尿胆红素阳性见于：急性黄疸型肝炎、阻塞性黄疸；门脉周围炎、纤维化及药物所致的胆汁淤滞；先天性高胆红素血症、Dubin-Johnson 综合征和 Rotor 综合征。

②尿胆原阳性见于肝细胞性黄疸和溶血性黄疸。尿胆原减少见于阻塞性黄疸。

3. 显微镜检查　尿沉渣做显微镜检查，主要检查细胞、管型及结晶等。

(1)红细胞

[参考值]

正常人尿沉渣镜检红细胞 0～偶见/HP，平均＞3 个/HP，称镜下血尿。多形性红细胞＞80%，称肾小球源性血尿（多形型）；多形性红细胞＜50%，称非肾小球源性血尿（均一型）。

[临床意义]

①肾小球源性血尿常见于急性肾小球肾炎、急进性肾炎、慢性肾炎、紫癜性肾炎、狼疮性肾炎等。

②非肾小球源性血尿见于肾结石、泌尿系肿瘤、肾盂肾炎、多囊肾、急性膀胱炎、肾结核等。

(2)白细胞和脓细胞

[参考值]

正常人尿沉渣镜检白细胞不超过 5 个/HP。

[临床意义]

若有大量白细胞，多为泌尿系统感染如肾盂肾炎、肾结核、膀胱炎或尿道炎等。成年妇女生殖系统有炎症时，常有阴道分泌物混入尿内，除有成团脓细胞外，并伴有大量扁平上皮细胞。

(3)上皮细胞：尿中所见的上皮细胞，可由肾、尿路等处细胞脱落而混入。

①肾小管上皮细胞（又称小圆上皮细胞）：来自肾小管立方上皮移行上皮深层，在正常尿中见不到，如在尿中出现，常表示肾小管有病变。观察尿中肾小管上皮细胞，对肾移植后有无排斥反应有一定意义。

②移行上皮细胞：是由肾盂、输尿管、膀胱及尿道近膀胱段等处的移行上皮组织脱落而来。正常尿偶可见到，在输尿管、膀胱、尿道炎症时可出现。大量出现时应警惕移行上皮细胞癌。

③复层鳞状上皮细胞：来自尿道前段与阴道表层。成年女性尿中易见，少量出现无临床意义，尿道炎时可大量出现。

(4)管型

①细胞管型：以蛋白为基质，嵌入细胞和细胞碎片等物质，所含细胞量超过管型体积的1/3时称为细胞管型。按其所含细胞命名为：

肾小管上皮细胞管型，在各种原因所致的肾小管损伤时出现。

红细胞管型，主要见于肾小球疾病，如急进性肾炎、急性肾小球肾炎、慢性肾炎急性发作、肾移植术后急性排斥反应、狼疮肾炎等。

白细胞管型，常提示肾实质有活动性感染，见于肾盂肾炎、间质性肾炎。

②颗粒管型：为肾实质病变崩解的细胞碎片、血浆蛋白及其他有形物质凝聚于 T-H 糖蛋白上而成，其颗粒量超过 1/3，称为颗粒管型。分为粗颗粒及细颗粒两种。

③透明管型：由 T-H 糖蛋白构成，及少量清蛋白与氯化物参与。健康人可有 0 至偶见/LP，老年人清晨浓缩尿中也可见到。在运动、重体力劳动、麻醉、利尿药、发热时可一过性增多。在肾病综合征、慢性肾炎、恶性高血压及心力衰竭时可见增多。

④蜡样管型:出现于尿液中提示局部肾单位有长期梗阻性少尿,说明肾小管病变严重,预后较差。见于慢性肾小球肾炎晚期、慢性肾衰竭及肾淀粉样变性,偶见于肾移植后排斥反应。

⑤脂肪管型:常见于肾病综合征、慢性肾炎急性发作、中毒性肾病等,偶见于长骨骨折。

⑥色素管型:见于肌红蛋白尿、血红蛋白尿。

⑦肾衰竭管型:急性肾衰竭患者多尿早期,此管型可大量出现。在慢性肾衰竭出现此管型,提示预后不良。

(5)结晶体:尿液中常见的结晶体如尿酸、草酸钙、磷酸盐类一般无临床意义。若经常出现于新鲜尿中并伴有较多红细胞,应怀疑有肾结石的可能。在尿中出现磺胺药物结晶,对临床用药有参考价值。在急性黄色肝坏死的尿液中,可出现亮氨酸和酪氨酸结晶。

4. 简答题

常用的尿标本收集和保存的方法有几种?

答:(1)清晨随意尿:清晨首次尿做尿常规检查、化学检验可获较多信息,能反映肾浓缩功能(比密),也可检测细胞及管型。

(2)餐后随意尿:一般餐后 2h 留尿,对病理性糖尿、蛋白尿检查较敏感。

(3)24h 尿:用于肌酐、尿糖、尿蛋白、尿酸、尿 17-羟皮质类固醇、尿 17-酮皮质类固醇、电解质等定量检查。

(4)清洁中段尿:用于尿细菌培养等检查。

(三)粪常规检查

1. 一般性状检查

(1)量:正常人大多每天排便 1 次,量约为 100～300g。胃肠、胰腺有炎症或功能紊乱时,因炎症渗出、分泌增多、肠蠕动亢进及消化吸收不良使粪便量增加。

(2)颜色与性状:正常成人的粪便排出时为黄褐色圆柱形软便,婴儿粪便呈黄色或金黄色糊状便。病理情况可见如下改变:

①稀糊状或水样便:见于各种感染性和非感染性腹泻,尤其是急性肠炎、服导泻药及甲状腺功能亢进症等。

②黏液便:正常粪便中的少量黏液因与粪便均匀混合不易察觉。小肠炎症时黏液增多并均匀地混于粪便中;大肠病变时黏液不易与粪便混合;直肠的黏液附着于粪便的表面。单纯黏液便的黏液无色透明,稍黏稠;脓性黏液便则呈黄白色不透明,见于各类肠炎、细菌性痢疾、阿米巴痢疾等。

③脓性及脓血便:当肠道下段有病变,如痢疾、溃疡性结肠炎、局限性肠炎、结肠或直肠癌常表现为脓性及脓血便。

④鲜血便:直肠息肉、直肠癌、肛裂及痔疮等均可见鲜血便。

⑤黑便及柏油样便:成形的黑色便称黑便;稀薄、黏稠、漆黑、发亮,形似柏油称柏油样便。见于消化道出血。

⑥白陶土样便:见于各种原因引起的胆管阻塞。

⑦米泔样便:粪便呈白色淘米水样,内含有黏液片,量大、稀水样,见于重症霍乱、副霍乱患者。

⑧细条状便:排出细条状或扁片状粪便,提示直肠狭窄,多见于直肠癌。

⑨乳凝块:乳儿粪便中见有黄白色乳凝块,亦可见蛋花汤样便,提示脂肪或酪蛋白消化不

全,常见于婴儿消化不良、婴儿腹泻。

(3)气味:正常粪便因含蛋白质分解产物,如吲哚、粪臭素、硫醇、硫化氢等而有臭味,肉食者味重,素食者味轻。患慢性肠炎、胰腺疾病、结肠或直肠癌溃烂时有恶臭。阿米巴肠炎粪便呈血腥臭味。脂肪及糖类消化或吸收不良时粪便呈酸臭味。

(4)寄生虫体:蛔虫、蛲虫及绦虫等较大虫体或其片段肉眼即可分辨,钩虫虫体须将粪便冲洗过筛方可见到。

(5)结石:粪便中可见到胆石、胰石、胃石、肠石等,最重要且最常见的是胆石,常见于应用排石药物或碎石术后。

2. 显微镜检查

(1)细胞

①白细胞:正常粪便中不见或偶见。肠道炎症时增多,小肠炎症时白细胞数量一般<15/HP;结肠炎症时如细菌性痢疾可见大量白细胞,甚至满视野;过敏性肠炎、肠道寄生虫病时,可见较多嗜酸性粒细胞。

②红细胞:正常粪便中无红细胞,肠道下段炎症或出血时可出现,如痢疾、溃疡性结肠炎、结肠和直肠癌、直肠息肉等。

③大吞噬细胞:见于细菌性痢疾和直肠炎症时。

④肠黏膜上皮细胞:正常粪便中见不到。结肠炎症时,上皮细胞增多,常夹杂于白细胞之间,假膜性肠炎时粪便的黏膜小块中多见,黏冻性分泌物中大量存在。

⑤肿瘤细胞:取乙状结肠癌、直肠癌患者的血性粪便及时涂片染色,可能发现成堆的癌细胞。

(2)食物残渣:正常粪便中的食物残渣系已消化的无定形细小颗粒,仅可偶见淀粉颗粒和脂肪小滴等未充分消化的食物残渣。

①淀粉颗粒:腹泻者的粪便中易见到,在慢性胰腺炎、胰腺功能不全时,可在粪便中大量出现。

②脂肪小滴:正常人粪便中很少见到。在急、慢性胰腺炎及胰头癌、肠蠕动亢进、腹泻、消化不良综合征等,脂肪小滴增多。

③肌肉纤维:大量肉食后可见到少量肌肉纤维,在一张盖玻片内不应超过 10 个。于肠蠕动亢进、腹泻、胰腺外分泌功能减退时增多。

④结缔组织:正常人粪便中很少见到,在胃蛋白酶缺乏时粪便中较多出现。

⑤植物细胞及植物纤维:在正常粪便内可见,在肠蠕动亢进、腹泻时增多。

(3)寄生虫和寄生虫卵:粪便中常见寄生虫卵有蛔虫卵、钩虫卵、鞭虫卵、蛲虫卵、华支睾吸虫卵、血吸虫卵、姜片虫卵及绦虫卵等。粪便中有意义的原虫主要是阿米巴滋养体及其包囊。蓝氏贾第鞭毛虫可引起慢性腹泻,可在大便中找到其滋养体。隐孢子虫为获得性免疫缺陷综合征患者及儿童腹泻的重要病原,可从粪便中查出卵囊。

3. 化学检查　化学检查包括隐血试验(occult blood test,OBT)和胆色素检查,一般不做常规检查。但 OBT 对消化道出血有很重要的诊断价值。隐血是指胃肠道有少量出血,粪便外观颜色无变化,肉眼及显微镜均不能证实的出血。其临床意义:

(1)阳性反应

①消化性溃疡:阳性率为 40%～70%,呈间歇阳性。

②消化道恶性肿瘤:如胃癌、结肠癌,阳性率可达95%,呈持续性阳性,因此,OBT常作为消化道恶性肿瘤的诊断筛选指标。

③其他:如急性胃黏膜病变、肠结核、Crohn病、溃疡性结肠炎、钩虫病及流行性出血热等,OBT常为阳性。

(2)假阳性反应:进食动物血、肉类、大量蔬菜及铁剂和中药等均可出现假阳性反应,另外,阿司匹林和维生素C亦可使OBT出现假阳性反应。因此在进行OBT前要求素食3d。近年来,为解决OBT特异性问题和鉴别消化道出血部位建立了免疫学检查法检测粪便中人血红蛋白。

4. 简答题

(1)粪便常规检查有何临床应用价值?

答:粪便常规检查对肠道传染病、肠道寄生虫病、胃肠道及附属腺体的消化吸收功能、消化道肿瘤的筛选检查及黄疸的诊断与鉴别诊断均有一定应用价值。

(2)免疫法隐血试验与化学法隐血试验相比有哪些优点?

答:免疫法隐血试验所用抗体有两种,一种为抗人血红蛋白抗体,另一种为抗人红细胞基质抗体。因此,免疫法隐血试验的优点是:

①鉴别消化道出血的部位。因上消化道出血时的红细胞或血红蛋白经消化酶降解变性已失去原来的免疫源性,因此,免疫法隐血试验可检出下消化道出血。

②特异性高。免疫法隐血试验采用了抗人血红蛋白抗体,只能与人血红蛋白抗原结合,不受动物血红蛋白干扰,因而不需要控制饮食。

二、基本生化检验

(一)血清钾测定

血钾对调节水与电解质、渗透压与酸碱平衡,维持神经肌肉的应激性、心肌活动都有重要意义。

[参考值]

血钾正常参考值为3.5～5.5mmol/L。低于3.5mmol/L为低钾血症,高于5.5mmol/L为高钾血症。

[临床意义]

1. 低钾血症见于

(1)摄取不足:如营养不良、胃肠功能紊乱、长期无钾饮食等。

(2)丢失过多:①频繁呕吐、长期腹泻、瘘管引流;②肾小管功能障碍,大量钾随尿丢失;③长期使用强利尿药使钾大量排出;④肾上腺皮质功能亢进促进钾的排泄。

(3)葡萄糖与胰岛素同时使用、周期性瘫痪和碱中毒等,钾过多转入细胞内。

2. 高钾血症见于

(1)摄入过多:心、肾衰竭补钾过快、过多,输入大量库存血液。

(2)排泄困难:①急性肾衰竭少尿期;②肾上腺皮质功能减退症,导致肾小球排钾减少;③长期大量使用潴钾利尿药;④长期低钾饮食,使钾不易排出而潴留。

(3)细胞内钾大量释出:①严重溶血、大面积烧伤和挤压综合征等;②呼吸性酸中毒,大量钾从细胞内释出;③休克、组织损伤、中毒、化疗。

(4)细胞外液因失水或休克而浓缩,出现相对高钾。

(二)血清钠测定

血清钠的主要功能是保持细胞外液容量、维持渗透压及酸碱平衡,并具有维持肌肉、神经应激性的作用。

[参考值]

正常参考值为 135～145mmol/L。低于 135mmol/L 为低钠血症,高于 145mmol/L 并伴有血液渗透压增高者为高钠血症。

[临床意义]

1. 低钠血症见于

(1)摄入不足:如长期低盐饮食、饥饿、营养不良和不适当的输液。

(2)胃肠道失钠失水:因呕吐、腹泻等过多丧失消化液。

(3)肾失钠失水:①肾小管病变使钠重吸收障碍;②反复使用利尿药,使钠大量丢失;③肾上腺皮质功能减退,如缺乏醛固酮、皮质醇等,钠重吸收减少;④糖尿病酮症酸中毒,抑制钠重吸收。

(4)局部失钠失水:如严重烧伤血浆大量渗出,大量浆膜腔积液引流,大量出汗补水不补钠等。

(5)细胞代谢障碍:细胞内钾释放出细胞外,而细胞外钠进入细胞内。

2. 高钠血症见于

(1)摄入水过少:血液浓缩而血钠相对升高。

(2)排尿过多:①渗透性利尿,见于应用脱水药;②大量尿素引起渗透性利尿而大量失水;③肾小管浓缩功能不全。

(3)高热、大汗或甲状腺功能亢进时,皮肤大量失水。

(4)肾小管对钠的重吸收增加,如长期应用 ACTH 或糖皮质激素。

(5)摄入食盐过多或应用高渗盐水过多。

(三)血清氯化物测定

1. 氯是血浆内主要阴离子。主要功能有:

(1)调节机体的酸碱平衡、渗透压及水、电解质平衡。

(2)参与胃液中胃酸的生成。

[参考值]

正常参考值为 95～105mmol/L,低于 95mmol/L 为低氯血症,高于 105mmol/L 为高氯血症。

[临床意义]

(1)低氯血症见于①摄入不足:如饥饿、营养不良、低盐疗法。②丢失过多:频繁呕吐及长期使用利尿药。③转移过多:如急性肾炎、肾小管疾病等,氯向组织内转移。④摄入水过多:如尿崩症。⑤肾上腺皮质功能减退:如 Addison 病。⑥呼吸性酸中毒。

(2)高氯血症见于:低蛋白血症;脱水、血液浓缩;肾衰竭时补充氯化钠;肾上腺皮质功能亢进及长期应用糖皮质激素,使肾小管对氯化钠重吸收增加;呼吸性碱中毒;以及补充过多的氯化钠溶液。

2. 简答题

何谓阴离子间隙,与血清 Na^+、K^+、Cl^- 有何关系?

答:阴离子间隙(anion gap,AG)是指血清中被测的阳离子与阴离子之差。人血清中的可测阳离子有 Na^+、K^+、Mg^{2+}、Ca^{2+} 等,其余为未测阳离子;人血清中可测阴离子有 Cl^-、HCO_3^-,未测阴离子为 SO_4^{2-}、HPO_4^{2-} 等。根据电中和原理,细胞外液中阳离子电荷总数与阴离子电荷总数相等,即 Na^+ +未测阳离子=(Cl^- + HCO_3^-)+未测阴离子。临床利用血清中主要阴阳离子测定值,即可算出 AG 值。其公式是:$AG=(Na^+ + K^+)-(Cl^- + HCO_3^-)$。因为血清 K^+ 浓度不高,且相当稳定,对 AG 影响甚微,故公式可简化为:$AG=Na^- -(Cl^- + HCO_3^-)$。血气分析可自动算出 AG 值。

(四)血糖检测

血糖主要是指血液中的葡萄糖而言。肝是调节糖代谢的重要器官。在正常情况下,体内糖的分解代谢与合成代谢保持动态平衡,故血糖浓度也相对稳定。

1. 空腹葡萄糖(glucose,Glu)检测 血清葡萄糖经氧化为组织能量,血糖过高时可转变为肝糖原和脂肪贮存,需要时脂肪与蛋白质也可转变为血糖。肝、胰岛素、内分泌激素和神经因素均可影响血糖的水平。

[参考值]

邻甲苯胺法为 3.9~6.4mmol/L。

[临床意义]

(1)增高:空腹葡萄糖轻度增高为 7.0~8.4mmol/L,中度增高为 8.4~10.1mmol/L,重度增高为>10.1mmol/L;血糖超过肾糖阈值(9mmol/L)即可出现尿糖。

①糖尿病:如胰岛素依赖型糖尿病(1 型)和非胰岛素依赖型糖尿病(2 型)。

②内分泌疾病:如巨人症或肢端肥大症、皮质醇增多症、甲状腺功能亢进症、嗜铬细胞瘤、胰高血糖素病等。

③应激性高血糖:如颅脑损伤、脑卒中、心肌梗死等。

④药物影响:如噻嗪类利尿药、口服避孕药等。

⑤其他:妊娠呕吐、麻醉、脱水、缺氧、窒息等。

⑥生理性增高:如饮食、高糖饮食、剧烈运动、情绪紧张等。

(2)减低:轻度减低为 3.4~3.9mmol/L,中度减低为 2.2~2.8mmol/L,重度减低为 1.7mmol/L 以下。

①胰岛素过多:如胰岛素用量过多、口服降糖药过量和胰岛 B 细胞瘤、胰腺腺瘤等。

②缺乏抗胰岛素激素:如肾上腺皮质激素、生长激素等。

③肝糖原贮存缺乏性疾病:如重型肝炎、肝硬化、肝癌等。

④其他:如长期营养不良、饥饿和急性酒精中毒等。

2. 口服葡萄糖耐量试验(oral glucose tolerance test,OGTT)

[参考值]

空腹血糖<3.9~6.1mmol/L。口服 75g 葡萄糖(或 1.75g/kg 体重)或进食 100g 馒头,进食后 30~60min 血糖水平达高峰,一般在 7.8~9.0mmol/L,峰值不超过 11.1mmol/L;2h 不

超过 7.8mmol/L,3h 可恢复至空腹血糖水平。各次尿糖均为阴性。

[临床意义]

(1)诊断糖尿病:具有糖尿病症状,空腹血糖＞7.0mmol/L,本试验高峰值＞11.1 mmol/L,2h 血糖值＞11.1 mmol/L;具有临床症状,随机血糖＞11.1mmol/L,且伴尿糖阳性。临床上有以上条件者可确诊糖尿病。

(2)糖耐量减低:指空腹血糖＜7.0mmol/L,2h 血糖为 7.8～11.1mmol/L,且达高峰时间可延至 1h 后,血糖恢复到正常时间可延至 2～3h 以后者,且有尿糖阳性。糖耐量减低多见于非胰岛素依赖型糖尿病、痛风、肥胖病、甲状腺功能亢进症、肢端肥大症及皮质醇增多症等。

(3)葡萄糖耐量曲线低平:指空腹血糖降低,口服糖后血糖上升不明显,2h 后仍处于低水平。常见于胰岛 B 细胞瘤、腺垂体功能减退症及肾上腺皮质功能减退症等。

(4)低血糖现象:肝源性低血糖,空腹血糖常低于正常,口服糖后血糖高峰提前出现并超过正常,2h 后不能降至正常,尿糖出现阳性。功能性低血糖患者,空腹血糖正常,服糖后血糖高峰也在正常范围内,但服糖后 2～3h 可发生低血糖。

3. 简答题

OGTT 在临床上有何重要应用价值?

答:正常人口服一定量葡萄糖后,在短时间内暂时升高的血糖即可降至空腹水平,此现象称为耐糖现象。当糖代谢紊乱时,口服一定量葡萄糖后则血糖急剧升高,经久不能恢复至空腹水平;或血糖升高虽不明显,在短时间内不能降至原来的水平,称为耐糖异常或糖耐量降低。临床上对空腹血糖正常或稍高,偶有尿糖,但糖尿病症状又不明显的患者,常用 OGTT 来明确诊断。

(五)血沉(ESR)

红细胞沉降率(erythrocyte sedimentation rate,ESR)简称血沉率,是指红细胞在一定条件下沉降的速率。正常情况下,红细胞表面带负电荷,使之互相排斥,在血浆中具有相对的悬浮稳定性,沉降极其缓慢。而在很多病理情况下,血沉率可明显增快。

1. 参考值和临床意义

[参考值]

魏氏法(Westergren):成年男性 0～15mm/1h 末;成年女性 0～20mm/1h 末。

[临床意义]

血沉率测定属非特异性试验,不能单凭检验结果作为确定任何疾病诊断的依据,故临床上一般用于以下一些情况的辅助诊断:炎症性疾病、组织损伤或坏死;良性肿瘤与恶性肿瘤鉴别的参考;反映血浆中球蛋白增高,从而可以考虑到一些引起高球蛋白血症疾病的诊断及鉴别诊断。

(1)生理性增快:12 岁以下的儿童,月经期妇女,妊娠 3 个月至分娩后 3 周之间的妇女,60岁以上老年人也可因血浆纤维蛋白原含量逐渐增加而血沉加快。

(2)生理性减慢:新生儿因纤维蛋白原含量低,血沉较慢。高原地区居民因有代偿性红细胞增多,故血沉低于平原地区居民。

(3)病理性增高

①炎症性疾病:肺炎、结核活动期。

②结缔组织病:SLE(系统性红斑狼疮)、风湿热、类风湿。

③组织损伤及坏死:手术、心肌梗死、肺梗死。

④恶性肿瘤。

⑤贫血。

⑥高胆固醇血症。

⑦各种原因所致的血浆球蛋白相对或绝对增高:恶性淋巴瘤、风湿性疾病、亚急性感染性心内膜炎、慢性肾炎、肝硬化。

(4)病理性减慢

①各种原因所致的脱水使血液浓缩。

②真性红细胞增多症。

③纤维蛋白原含量严重减低。

2. 简答题

为什么急性炎症时血沉加快?

答:急性细菌性炎症时,因肝合成、释放入血的急性时相反应物质增多,如:C反应蛋白、纤维蛋白原等,这些物质均能在不同程度上促进红细胞聚集,故在炎症后2~3d即可出现血沉增快。

(六)肝功能检查

1. **血清氨基转移酶** 氨基转移酶简称转氨酶,是一组催化氨基酸与α-酮酸之间的氨基转移反应的酶类,用于肝功能检查主要是丙氨酸氨基转移酶(alanine aminotransferase,ALT)和天门冬氨酸氨基转移酶(aspartate aminotransferase,AST)。ALT主要分布在肝脏,其次是骨骼肌、肾脏、心肌等组织中;AST主要分布在心肌,其次是肝脏、骨骼肌和肾脏等组织中。在肝细胞中,ALT主要存在于非线粒体中,而AST主要存在于线粒体内。当肝细胞受损时,肝细胞膜通透性增加,胞质内的ALT释放入血,血清中ALT增加,因此它是最敏感的肝功能检测指标之一。但在严重肝细胞损伤时,线粒体膜亦损伤,此时线粒体内的AST亦释放入血,血清中AST增加,因此AST增加可判断肝细胞受损的严重程度。

[参考值]

连续监测法:ALT 10~40U/L,AST 10~40U/L,ALT/AST≤1。

[临床意义]

(1)急性病毒性肝炎:ALT与AST均显著增高,可达正常上限的20~50倍,甚至100倍,但ALT升高更明显。通常ALT>300U/L、AST>200U/L、ALT/AST>1,是诊断病毒性肝炎的重要检测手段。

①急性肝炎恢复期:如转氨酶活性不能降至正常或再上升,提示急性病毒性肝炎转为慢性。

②急性重症肝炎:病初以AST升高明显,病情恶化时,黄疸加重,酶活性反而降低,出现"胆-酶分离"现象,提示肝细胞严重坏死,预后不佳。

(2)慢性病毒性肝炎:转氨酶轻度上升(100~200U/L)或正常,ALT/AST>1,若ALT/AST<1,提示慢性肝炎可能进入活动期。

(3)酒精性肝病、药物性肝炎、脂肪肝、肝癌等非病毒性肝病,转氨酶轻度升高或正常,且ALT/AST<1。

(4)肝硬化:终末期转氨酶正常或降低。

(5)肝内、外胆管胆汁淤积,转氨酶正常或轻度上升。

(6)急性心肌梗死后 6～8h,AST 增高,18～24h 达高峰。

(7)其他疾病:如骨骼肌疾病(皮肌炎、进行性肌萎缩)、肺梗死、肾梗死、胰梗死、休克及传染性单核细胞增多症,转氨酶轻度升高(50～200U/L)。

2. 血清总蛋白和清蛋白、球蛋白比值测定　90%以上的血清总蛋白(serum total protein,STP)和全部的血清清蛋白(albumin,A)是由肝脏合成,因此血清总蛋白和清蛋白含量是反映肝脏合成功能的重要指标。从总蛋白量减去清蛋白量,即为球蛋白(globulin,G)含量,它与机体免疫功能与血浆黏度密切相关。根据清蛋白与球蛋白的量,可计算出清蛋白与球蛋白的比值(A/G)。

[参考值]

正常成人血清总蛋白 60～80g/L,清蛋白 40～55g/L,球蛋白 20～30g/L,A/G 为 1.5:1～2.5:1。

[临床意义]

肝脏有很强的代偿能力,清蛋白的半衰期较长,因此肝脏病变往往在达到一定程度和一定病程后才能出现血清总蛋白的改变,急性或局灶性肝损伤时 STP、清蛋白、球蛋白及 A/G 多为正常。因此它常用于检测慢性肝损害,并可反映肝实质细胞储备功能。

(1)血清总蛋白及清蛋白增高:见于急性失水、肾上腺皮质功能减退等原因使血液浓缩。

(2)血清总蛋白及清蛋白减低:见于①肝细胞损害影响总蛋白与清蛋白合成;②营养不良;③蛋白丢失过多;④消耗增加;⑤血清水分增加。

(3)血清总蛋白及球蛋白增高:当血清总蛋白＞80g/L 或球蛋白＞35g/L,分别称为高蛋白血症或高球蛋白血症。常见于①慢性肝脏疾病,球蛋白增高程度与肝脏病严重性相关;②M球蛋白血症:如多发性骨髓瘤、淋巴瘤、原发性巨球蛋白血症等;③自身免疫性疾病:如系统性红斑狼疮、风湿热、类风湿关节炎等;④慢性炎症与慢性感染:如结核病、疟疾、黑热病、麻风病及慢性血吸虫病等。

(4)血清球蛋白浓度降低:主要是合成减少,见于:①＜3 岁的婴幼儿生理性减少;②长期应用肾上腺皮质激素或免疫抑制剂使免疫功能受抑制;③先天性低 γ 球蛋白血症。

(5)A/G 倒置:可以是清蛋白降低亦可因球蛋白增高引起,见于严重肝功能损伤及 M 蛋白血症,如慢性中度以上持续性肝炎、肝硬化、原发性肝癌、多发性骨髓瘤、原发性巨球蛋白血症等。

3. 血清总胆红素与结合胆红素、非结合胆红素测定　应用 Jendrassik-Grof 方法,使用茶碱和甲醇作为溶剂,以保证血清中结合胆红素与非结合胆红素完全被溶解,并与重氮盐试剂起快速反应,即为血清中的总胆红素(serum total bilirubin,STB)。血清中不加溶解剂,当血清与重氮盐试剂混合后快速发生颜色改变,在 1min 时测得的胆红素即为结合胆红素(CB)。总胆红素减去结合胆红素即为非结合胆红素(UCB)。

[参考值]

STB	新生儿	0～1d	34～103μmol/L
		1～2d	103～171μmol/L
		3～5d	68～137μmol/L

	成人	$3.4 \sim 17.1\mu mol/L$
CB		$0 \sim 6.8\mu mol/L$
UCB		$1.7 \sim 10.2\mu mol/L$

[临床意义]

(1)判断有无黄疸、黄疸程度及演变过程(表 5-1)。

(2)病程中动态检测黄疸演变过程可以根据黄疸程度推断黄疸病因(表 5-2)。

表 5-1　判断有无黄疸及黄疸程度

黄疸程度	STB($\mu mol/L$)
隐性黄疸或亚临床黄疸	$>17.1,<34.2$
轻度黄疸	$34.2 \sim 171$
中度黄疸	$171 \sim 342$
重度黄疸	>342

表 5-2　推断黄疸病因

黄疸病因	STB($\mu mol/L$)
溶血性黄疸	<85.5
肝细胞性黄疸	$17.1 \sim 171$
不完全性梗阻性黄疸	$171 \sim 265$
完全性梗阻性黄疸	>342

(3)根据总胆红素、结合胆红素及非结合胆红素升高程度判断黄疸类型:若 STB 增高伴 UCB 明显增高提示为溶血性黄疸,STB 增高伴 CB 明显增高为胆汁淤积性黄疸,三者均增高为肝细胞性黄疸。

(4)根据 CB/STB,协助鉴别黄疸类型:CB/STB$<20\%$提示为溶血性黄疸,$20\% \sim 50\%$之间常为肝细胞性黄疸,比值$>50\%$为胆汁淤积性黄疸。

(5)CB 测定有助于某些肝胆疾病的早期诊断:如肝炎的黄疸前期、无黄疸型肝炎、失代偿期肝硬化、肝癌等,$30\% \sim 50\%$患者表现为 CB 增加,而 STB 正常。

4. 尿内胆红素与尿胆原

[参考值]

正常成年人尿中含有微量胆红素,定性为阴性反应,定量约为 $3.4\mu mol/L$,通常的检验方法不能被发现。当血中结合胆红素浓度超过肾阈($>34mmol/L$)时,可自尿中排出。在胆红素肠肝循环过程中,仅有极少量尿胆原进入血液循环,从肾脏排出。故正常人尿胆原定性为阴性或弱阳性,定量为 $0.84 \sim 4.2\mu mol/(24h \cdot L)$。

[临床意义]

(1)尿胆红素试验阳性:提示血中结合胆红素增加,见于:①胆汁排泄受阻;②肝细胞损害;③黄疸鉴别诊断;④碱中毒时胆红素分泌增加,可出现尿胆红素试验阳性。

(2)尿胆原增多,见于:①肝细胞受损。②循环中红细胞破坏增加及红细胞前体细胞在骨髓内破坏增加。③内出血时胆红素生成增加,尿胆原排出随之增加;充血性心力衰竭伴肝淤血时,影响胆汁中尿胆原转运及再分泌,使进入血中的尿胆原增加。④肠道对尿胆原重吸收增加,使尿中尿胆原排出增加,如肠梗阻、顽固性便秘等。

(3)尿胆原减少或缺如,见于:①胆道梗阻;②新生儿及长期服用广谱抗生素时,由于肠道细菌缺乏或受到药物抑制,使尿胆原生成减少。

5. 简答题

(1)通过对血中 CB、UCB 测定及尿内尿胆红素、尿胆原的检查如何进行黄疸的鉴别诊断?

答:见表 5-3。

表 5-3　正常人及常见黄疸的胆色素代谢检查结果

	血清胆红素($\mu mol/L$)			尿内胆色素($\mu mol/L$)	
	CB	UCB	CB/STB	尿胆红素	尿胆原
正常人	0～6.8	1.7～10.2	0.2～0.4	(一)	0.84～4.2
梗阻性黄疸	明显增加	轻度增加	＞0.5	强阳性	减少或缺如
溶血性黄疸	轻度增加	明显增加	＜0.2	阴性	明显增加
肝细胞性黄疸	中度增加	中度增加	0.2～0.5	阳性	正常或轻度增加

(2)影响 STP 和 A/G 测定结果的因素有哪些?

答:①年龄因素:STP 及清蛋白含量与性别无关,但与年龄相关,新生儿及婴幼儿稍低,60岁以后约降低 2g/L。

②激烈运动后数小时内 STP 可增高 4～8g/L。

③卧位比直立位时 STP 浓度约低 3～5g/L。

④溶血标本中每存在 1g/L 血红蛋白可引起 STP 测定值约增加 3%。

⑤含脂类较多的乳糜标本影响检测的准确性,需进行预处理,以消除测定干扰。

(3)ALT、AST 和 ALT/AST 在判断肝细胞受损程度中的意义如何?

答:ALT 主要存在于肝细胞的非线粒体中,而 80% 的 AST 主要存在于肝细胞的线粒体内。当肝细胞轻度受损时,肝细胞膜的通透性增加,胞质内的 ALT 与 AST 释放入血,使血清 ALT 与 AST 的酶活性均增高,但 ALT/AST＞1。在肝细胞中度受损时,ALT 漏出率远大于 AST,故血清中 ALT/AST 比值显著增加。在肝细胞严重受损时,线粒体膜亦损伤,导致线粒体内 AST 释放入血,血清中 ALT/AST 比值变小。

(4)对黄疸患者的诊断与鉴别诊断应选择哪些肝功能试验?

答:应查 STB、CB、尿内尿胆原与胆红素、ALT、ALP、GGT、LP-X(阻塞性脂蛋白 X)、胆汁酸。怀疑为先天性非溶血性黄疸时加查 ICGR(靛氰绿滞留率试验)。

(七)肾功能检查

肾功能检查是判断肾脏疾病严重程度和预测预后、确定疗效、调整某些药物剂量的重要依据,无早期诊断价值。

1. 血清肌酐(serum creatinine,Scr)测定　血中肌酐主要由肾小球滤过排出体外,肾小管基本不重吸收且排泌量也较少,在外源性肌酐摄入量稳定的情况下,血中的浓度取决于肾小球滤过能力,当肾实质损害,肾小球滤过率降低到临界点后(GFR 下降至正常人的 1/3 时),血中肌酐浓度就会急剧上升,故测定血中肌酐浓度可作为 GFR 受损的指标。敏感性较 BUN 好,但并非早期诊断指标。

[参考值]

全血肌酐为 88.4～176.8$\mu mol/L$;血清或血浆肌酐,男性 53～106$\mu mol/L$,女性 44～97$\mu mol/L$。

[临床意义]

(1)血肌酐增高:见于各种原因引起的肾小球滤过功能减退,如急性肾衰竭、慢性肾衰竭。

(2)鉴别肾前性和肾实质性少尿:①器质性肾衰竭 Scr 常＞200$\mu mol/L$;②肾前性少尿 Scr 浓度上升多不超过 200$\mu mo/L$。

(3)BUN/Cr(单位为 mg/dl)：①器质性肾衰竭，BUN 与 Cr 同时增高，因此 BUN/Cr≤10:1；②肾前性少尿，肾外因素所致的氮质血症，BUN 可较快上升，但血 Cr 不相应上升，此时 BUN/Cr 常＞10:1。

(4)老年人、肌肉消瘦者肌酐可能偏低，因此一旦血 Cr 上升，就要警惕肾功能减退，应进一步做 Ccr(内生肌酐清除率)检测。

2. **血清尿素氮测定**　血尿素氮(blood urea nitrogen，BUN)主要是经肾小球滤过随尿排出，肾小管也有少量排泌。当肾实质受损害时，肾小球滤过率降低，致使血浓度增加，因此目前临床上多测定 BUN，粗略观察肾小球的滤过功能。

[参考值]

成人 3.2～7.1mmol/L，婴儿、儿童 1.8～6.5mmol/L。

[临床意义]

BUN 增高见于：

(1)器质性肾功能损害：①各种原发性肾脏疾患所致的慢性肾衰竭；②急性肾衰竭肾功能轻度受损时，BUN 可无变化，当 GFR 下降至 50％以下，BUN 才见升高。

(2)肾前性少尿：各种原因所致的血容量不足、肾血流量减少致少尿。

(3)蛋白质分解或摄入过多：如急性传染病、高热、上消化道大出血、大面积烧伤、严重创伤、大手术后和甲状腺功能亢进、高蛋白饮食等，BUN 可增高，但 Scr 一般不升高。以上情况矫正后，血 BUN 可以下降。

3. **血清尿酸测定**　尿酸(uric acid，UA)是体内嘌呤代谢的终产物，血清 UA 小部分由肝分解破坏，大部分经肾小球滤过，在近端肾小管中 90％被重吸收，故正常情况下 UA 的清除率较低(11～15ml/min)。

[参考值]

成人酶法血清(浆)尿酸浓度：男性 150～416μmol/L，女性 89～357μmol/L。

[临床意义]

(1)血 UA 浓度增高

①原发性高尿酸血症，如原发性痛风。

②继发性高尿酸血症：多种慢性肾脏疾病及肾衰竭，如多囊肾、止痛药肾病等，在肾功能不全失代偿期，血尿酸随血肌酐的升高而升高，两者呈正相关；肾衰竭至尿毒症期肌酐清除率＜15ml/min 时，血 UA 升高的程度常不如 Scr 升高明显，此时 UA 升高程度与肾功能损害程度不平行。白血病和肿瘤，由于细胞分裂旺盛，核酸分解加强，内源性尿酸增加。应用噻嗪类利尿药等药物后，抑制肾小管排泌尿酸。长期禁食和糖尿病，血酮体升高，竞争性抑制近端肾小管排泌尿酸。子痫，由于妊娠高血压血管痉挛，使肾血流量减少，尿酸排泄障碍。

(2)血 UA 浓度降低：各种原因致肾小管重吸收尿酸功能损害，尿中尿酸大量丢失，以及肝功能严重损害使尿酸生成减少。如范可尼综合征、急性肝坏死等。此外，慢性镉中毒、使用磺胺及大剂量糖皮质激素亦可致血尿酸降低。

4. **简答题**

(1)简述 BUN 检测在鉴别器质性肾功能损害及其程度和肾前性少尿中的意义。

答：急性肾衰竭肾功能轻度受损时，BUN 可无变化，当 GFR 下降至 50％以下时，BUN 才可升高。因此血 BUN 测定不能作为早期肾功能指标。但对慢性肾衰竭，尤其是尿毒症期

BUN 升高的程度一般与病情严重程度相平行。肾衰竭代偿期 GFR 下降至 50ml/min，BUN <9mmol/L；肾衰竭失代偿期，BUN>9mmol/L；肾衰竭期，BUN>20mmol/L。肾前性少尿时 BUN 可升高，但 Scr 升高不明显，BUN/Cr(mg/dl)>10∶1，称为肾前性氮质血症。经扩容尿量增加后，BUN 可自行下降。

（2）简述 Scr 增高在判断慢性肾衰竭病程进展中的意义。

答：慢性肾衰竭时 Scr 升高程度与病变严重程度相一致。肾衰竭代偿期，Scr<178μmol/L，肾衰竭失代偿期，Scr>178μmol/L；肾衰竭期，Scr 明显升高，>445μmol/L。

三、乙型肝炎病毒免疫标志物

（一）乙型肝炎病毒表面抗原测定

乙型肝炎病毒表面抗原(hepatitis B virus surface antigen，HBsAg)系 HBV 中 Dane 颗粒外层的脂蛋白囊膜。

[参考值]

ELISA 法为阴性；放射免疫分析(RIA)法为阴性。

[临床意义]

阳性见于：

1. 急性乙型肝炎潜伏期，发病时达高峰。

2. 如果发病后 3 个月不转阴，则易发展成慢性乙型肝炎或肝硬化。

3. 携带者 HBsAg 可阳性。因 HBsAg 不含 DNA，故其本身不具有传染性。但因其常与 HBV 同时存在，常被用来作为传染性标志之一。

（二）乙型肝炎病毒表面抗体测定

乙型肝炎病毒表面抗体(hepatitis B virus surface antibody，抗-HBs)是病人对 HBsAg 所产生的一种抗体，对中和 HBsAg 有一定作用。

[参考值]

ELISA 法为阴性；RIA 法为阴性。

[临床意义]

抗-HBs 是一种保护性抗体，可阻止 HBV 穿过细胞膜进入新的肝细胞，提示机体对乙型肝炎病毒有一定程度的免疫力。注射过乙型肝炎疫苗或抗-HBs 免疫球蛋白者，抗-HBs 可呈现阳性反应。

（三）乙型肝炎病毒 e 抗原测定

乙型肝炎病毒 e 抗原(hepatitis B virus e antigen，HBeAg)是 HBV 核心颗粒中的一种可溶性蛋白质，具有抗原性。

[参考值]

ELISA 法为阴性；RIA 法为阴性。

[临床意义]

HBeAg 阳性表明乙型肝炎处于活动期，并有较强的传染性。孕妇阳性可引起垂直传播。HBeAg 持续阳性，表明肝细胞损害较重。

(四)乙型肝炎病毒 e 抗体测定

乙型肝炎病毒 e 抗体(hepatitis B virus e antibody,抗-HBe)是病人或携带者经 HBeAg 刺激后所产生的一种特异性抗体,常继 HBeAg 后出现于血中。

[参考值]

ELISA 法为阴性;RIA 法为阴性。

[临床意义]

1. 抗-HBe 阳性率,慢性乙型肝炎为 48%,肝硬化为 68.3%,肝癌为 80%。

2. 乙型肝炎急性期即出现抗-HBe 阳性者,易进展为慢性乙型肝炎。

3. 慢性活动性乙型肝炎出现抗-HBe 阳性者可发展为肝硬化。

4. HBeAg 与抗-HBe 均阳性,且 ALT 升高时可发展为原发性肝癌。

5. 抗-HBe 阳性表示大部分 HBV 被清除,复制减少,传染性减低,但并非无传染性。

(五)乙型肝炎病毒核心抗原测定

乙型肝炎病毒核心抗原(hepatitis B virus core antigen,HBcAg)存在于 Dane 颗粒的核心部位,是一种核心蛋白,其外面被 HBsAg 包裹,所以一般情况下血清中不易检测到游离的 HBcAg。

[参考值]

ELISA 法为阴性;RIA 法为阴性。

[临床意义]

HBcAg 阳性,提示病人血清中有感染性的 HBV 存在,其含量较多,表示复制活跃,传染性强,预后较差。

(六)乙型肝炎病毒核心抗体测定

乙型肝炎病毒核心抗体(hepatitis B virus core antibody,抗-HBc)是 HBcAg 的抗体,可分为 IgM、IgG 和 IgA 三型。目前常用的方法是检测抗-HBc 总抗体。

[参考值]

ELISA 法为阴性;RIA 法为阴性。

[临床意义]

抗-HBc 检出率比 HBsAg 更敏感,可作为 HBsAg 阴性的 HBV 感染的敏感指标。抗-HBc 检测也可用作乙型肝炎疫苗和血液制品的安全性鉴定和献血员筛选。抗-HBcIgG 对机体无保护作用,其阳性可持续数十年甚至终身。

(七)简答题

简述 HBV 标志物五项指标检测与分析。

答:见表 5-4。

表 5-4　HBV 标志物五项指标检测与分析

HBsAg	抗-HBs	HBeAg	抗-HBe	抗-HBc	结果分析
+	−	+	−	−	急性 HBV 感染早期,HBV 复制活跃
+	−	+	−	+	急性或慢性 HB,HBV 复制活跃
+	−	−	−	+	急性或慢性 HB,HBV 复制减弱
+	−	−	+	+	急性或慢性 HB,HBV 复制减弱
−	−	−	−	+	既往 HBV 感染,未产生抗-HBs
−	−	−	+	+	抗-HBs 出现前阶段,HBV 低度复制
−	+	−	+	+	HBV 感染恢复阶段
−	+	−	−	+	HBV 感染恢复阶段
+	+	+	−	+	不同亚型(变异型)HBV 再感染
+	−	−	−	−	HBV-DNA 处于整合状态
−	+	−	−	−	病后或接种 HB 疫苗后获得性免疫
−	−	+	−	+	HBsAg 变异的结果
+	+	−	+	−	表面抗原、e 抗原变异

第6章 医德医风

医德医风是指医务人员应具有的医学道德和风尚。医德，即医务人员的职业道德，是医务人员应具备的思想品质，是医务人员与病人、社会以及医务人员之间关系的总和。医德规范是指导医务人员进行医疗活动的思想和行为准则。

医德医风不仅仅是一个职业道德问题，它在很大程度上也影响着医生所掌握的知识、技能与经验能否正常发挥，这对病人的利益来说，同样是至关重要的。

医学职业道德是从事医学职业的人们在医疗卫生保健工作中应遵循的行为规则和规范的总和。

一、执业医师要保持优良的医德医风，必须接受医学道德教育和进行医德修养，并且要求做到：

（一）提高对医学道德的基本原则即不伤害原则、有利原则、尊重原则和公正原则的认识和理解，并用这些基本原则指导自己的职业活动；同时，要提高对医疗卫生保健实践中伦理问题的敏感性及运用上述基本原则分析和解决伦理问题，把医疗技术和医学伦理统一起来。

（二）认真履行以下医学道德规范（1992 年 10 月 14 日中华人民共和国国务院第 106 号令发布）。

1. 救死扶伤，实行社会主义的人道主义。时刻为病人着想，千方百计为病人解除病痛。

2. 尊重病人的人格和权利，对待病人，不分民族、性别、职业、地位、财产状况，都应一视同仁。

3. 文明礼貌服务。举止端庄，语言文明，态度和蔼，同情、关心和体贴病人。

4. 廉洁奉公。自觉遵纪守法，不以医谋私。

5. 为病人保守医密，实行保护性医疗，不泄露病人隐私与秘密。

6. 互学互尊，团结协作。正确处理同行同事间的关系。

7. 严谨求实，奋发进取，钻研医术，精益求精。不断更新知识，提高技术水平。

（三）近几十年来，医学技术水平飞速发展，人们可以操控基因、精子、卵子、受精卵、胚胎、人脑、人体以及人的行为等，随之也出现了不少医学道德难题。因此，执业医师在职业活动中应结合自己的专业，增强对本专业中出现的医学道德难题的敏感性，进而去分析和研究解决的办法，以保障或促进医学科学的发展。

二、执业医师医德修养的途径和方法

执业医师进行医德修养，应注意以下几点：

（一）医德修养必须结合医疗实践。医德修养源于并服务于医疗卫生保健实践，只有在医疗实践中，执业医师才能改造自己的主观世界，培养执业医师的道德品质。

（二）医德修养必须重在自觉。执业医师在医疗实践中要自觉地进行自我评估，自觉地进行批评和自我批评，不断提高自己医德修养的自觉性，不断提高自己的医德品质。

（三）医德修养必须持之以恒。医德修养不是一日之功，医德品质的培养也不是一次就能完成的，而是一个长期的曲折的过程，要加强医德修养就必须有坚持精神。

(四)医德修养必须坚持高标准。执业医师在医德修养方面,永远不能停留在一个固定的水平上,而应该不断地给自己提出更高的要求。

参 考 文 献

[1] 邱蔚六.口腔颌面外科学.第 5 版.北京:人民卫生出版社,2003
[2] 樊明文.牙体牙髓病学.第 2 版.北京:人民卫生出版社,2003
[3] 皮昕.口腔解剖生理学.第 5 版.北京:人民卫生出版社,2003
[4] 于世凤.口腔组织病理学.第 5 版.北京:人民卫生出版社,2003
[5] 马轩祥.口腔修复学.第 5 版.北京:人民卫生出版社,2003
[6] 曹采芳.牙周病学.第 2 版.北京:人民卫生出版社,2003
[7] 李丙琦.口腔黏膜病学.第 2 版.北京:人民卫生出版社,2003
[8] 马绪成.口腔颌面医学影像诊断学.第 4 版.北京:人民卫生出版社,2003